LES

BOUDOIRS DE PARIS.

III

IMPRIME CHEZ PAUL RENOUARD,
rue Garancière, n. 5

LES BOUDOIRS DE PARIS,

PAR

LE DUC D'ABRANTÈS.

TOME TROISIÈME.

PARIS.

RECOULES, LIBRAIRE-COMMISSIONNAIRE,

RUE DE SORBONNE, N. 9.

1845.

I.

Si on ne l'avait déjà dit et répété à satiété, je m'écrierais en tête de ce chapitre :

— A quoi tiennent les destinées des empires !

Jamais, cependant, cette banale exclamation n'eût été mieux placée. Si Bonaparte n'eût pas épousé madame de Beauharnais, il est permis de douter qu'il eût eu le commandement de l'armée d'Italie ; s'il n'eût pas fait cette belle campagne d'Italie, comment les choses auraient-elles tourné pour la France ? Jamais aurait-on vu le 18 brumaire ? La France n'eût-elle pas été peut-être rayée de la liste des nations ? qui le sait ? comme dit Jacques le fataliste.

Toujours est-il que le mariage de Bonaparte avec madame de Beauharnais influa d'une manière notable sur sa destinée, et que si une certaine personne eût voulu, ce mariage ne se fût pas fait. D'où il résulte, comme je le disais tout-à-l'heure, que la destinée des empires dépend quelquefois de choses tout-à-fait

en dehors de ce qui semble devoir déter-
miner les événemens, et que Jacques
n'avait peut-être pas si tort de dire que
tout était écrit là-haut.

La personne de qui il a dépendu que
Bonaparte ne fût pas le mari de Joséphine est ma grand'mère, madame de
Permon. Ma mère, dans ses *Mémoires*, ne
pouvait passer sous silence cette curieuse
anecdote ; mais elle rentre dans mon
cadre non moins que dans celui de mémoires purement historiques, et j'espère
qu'on me pardonnera de reproduire cet
intéressant épisode qui m'appartient

« Par droit d'historien et par droit de naissance »

Mon grand-père était mort le 8 octo-
bre 1795 ; c'est-à-dire le 17 vendémiaire
an III, quatre jours après la fameuse
journée du 13 vendémiaire, où Bonaparte

joua un rôle si actif, et où le pouvoir passa de la convention nationale aux mains du directoire exécutif. Le deuil de veuve et, plus encore, la douleur qu'elle éprouvait de la mort de son mari, faisaient que ma grand'mère vivait dans une solitude profonde, où elle n'admettait que quelques amis très intimes.

Le général Bonaparte qui, comme on le sait, était chez ma grand'mère comme un enfant de la maison, et qui, quelques jours avant la mort de mon grand-père, avait contribué d'une manière efficace à obtenir que les agens des sections ne vinssent pas troubler ses derniers momens pour l'accomplissement de quelques formalités, était l'homme que madame de Permon voyait le plus fréquemment. Il était rare qu'il laissât passer un jour sans faire le voyage de la rue Neuve.

des-Capucines à la rue Sainte-Croix, où était située la maison qu'habitait ma grand'mère.

Cette maison, soit dit en passant, avait été arrangée par madame de Permon avec un goût et une élégance rares. Ce ne sera point un hors-d'œuvre dans l'histoire des Boudoirs de Paris, que de signaler le boudoir de ma grand'mère comme étant un des premiers ressuscités. Elle avait toutes les traditions des règnes précédens, et malgré le sang des Comnèmes qui coulait dans ses veines, faisait assez peu de cas des modes grecques qui commençaient alors à s'impatroniser, et préférait avec raison les bons meubles de Boule, aux meubles de forme prétendue antique, qui étaient le superlatif de l'incommode et du sévère. Ce fut un des ridicules de ce temps-là, de parodier l'antiquité sous toutes ses faces; on pardonne aux grandes figures de la convention des prétentions à une ressemblance avec les Brutus, les Léonidas, les Caton : ces hommes, largement taillés, avaient en effet le droit de se croire de la famille des héros de l'ancienne Grèce et de l'ancienne Rome, et il n'y a rien d'étonnant que la forme se soit ressentie du fond; mais, eux disparus de la scène, l'affectation des modes grecques et romaines était une véritable parodie. Ma grand'mère, qui aimait ses aises au suprême degré, trouva fort ridicule la manie de cette résurrection, et s'en tint, pour son usage, à ce qu'elle avait appris depuis son arrivée en France à regarder comme le véritable confortable.

Sa maison était donc d'une grande élégance. Bonaparte, devenu après le

13 vendémiaire l'homme indispensable, continua, comme je l'ai dit, à venir assidûment chez elle. Il lui rendit même de grands services. C'était le temps de la famine; on recevait toujours chez ma grand'mère avec une grande joie quelques pains de munition que le général y envoyait deux ou trois fois par semaine.

La solitude dans laquelle ma grand'mère passait sa vie menaçait d'avoir de funestes conséquences; accoutumée au monde, elle prenait insensiblement dans la retraite une mélancolie dont sa santé se ressentit d'une manière inquiétante. Son médecin, le docteur Duchannois, homme aussi spirituel que praticien habile, lui *ordonna* des distractions. Il y avait péril en la demeure, et ma grand'mère, à qui son deuil ne permettait pas d'aller dans le monde, loua à Feydeau une loge par ordonnance du médecin.

Cette loge était aux baignoires : ma grand'mère pouvait donc assister au spectacle sans être vue; chaque soir elle s'y rendait suivant l'ordonnance, et pour ne pas s'éloigner des quelques amis qu'elle recevait ordinairement le soir, elle leur avait fait promettre que sa loge serait regardée comme une succursale de son salon. Jamais elle n'y était seule; mais tous les soirs, sans exception, le général Bonaparte venait s'y installer. Il était peu probable que ce fut le charme de la musique française qui l'attirât avec autant d'assiduité. Il l'a toujours eue en horreur, et l'on sait qu'il eut toutes les peines du monde à pardonner à Méhul de l'avoir amusé pendant une heure avec son charmant opéra de *l'Irato,* qu'il avait écouté de confiance, comme étant de la musique Italienne.

Un soir que, par hasard, il se trouva seul à Feydeau avec ma grand'mère, à qui il avait donné le bras pour aller au spectacle, au lieu de faire ses récriminations habituelles contre la musique de Grétry et de Monsigny, et les médiocres chanteurs chargés alors d'être les interprètes de cette musique, il garda le silence pendant plus d'une heure, regardant ma grand'mère comme un homme que ce qu'il a à dire embarrasse beaucoup, et qui ne sais par où commencer.

— Qu'avez-vous donc, Napoléon ? lui dit ma grand'mère qui avait conservé avec lui le ton de familiarité dont elle avait pris l'habitude, ayant vu tout enfant celui qui commençait à peser si puissamment dans la balance de nos destinées. — Vous ne dites rien ! est-ce que vous trouvez que madame Scio chante bien ce soir, ou bien la musique française a-t-elle trouvé grâce à vos orei!les? Vous n'avez pas encore dit une seule fois vô-tre éternel : quelle miaulerie !

— C'est que, dit Bonaparte, je pense à tout autre chose qu'à la musique, madame Permon.

— Est-ce que vous ne pourriez pas garder vos méditations politiques pour la rue des Capucines? dit ma grand'mère qui était entière et absolue comme une reine: vous avez un air maussade qui est tout-à-fait ridicule.

— Je ne pense pas plus en ce moment à la politique qu'à la musique, madame Permon, et si je vous paraîs maussade et ridicule j'en suis au désespoir, car j'ai quelque chose à vous demander.

— Voyons, dit ma grand'mère, dites-moi cela.

— Est-ce que vous ne pensez pas à marier Permon ? dit le général ; il me semble qu'il est d'âge à cela.

— Permon a vingt-cinq ans, dit ma grand'mère ; il en a quarante pour la tête ; quand il voudra se marier, il fera ce que bon lui semblera.

— C'est que, dit Bonaparte, qui ne devait pas facilement s'intimider une fois que l'attaque était commencée, j'ai un projet de mariage pour lui, et c'est de cela que je voulais vous parler.

— Dites toujours, dit ma grand'mère.

— Permon, continua Bonaparte, sans être riche est à son aise ; c'est un homme aimable, d'un esprit supérieur ; il a des talens solides et des talens d'agrément qui en font un homme vraiment hors li-

gne : je l'aime beaucoup ; il est votre fils ;
j'ai pensé à le marier à une fille de seize
ans, jolie comme un ange, que j'aime
aussi de toute mon âme, que vous aimez
aussi, qui est la fille d'une de vos amies,
qui n'a rien, mais pour qui je pourrai
tout faire un jour. Devinez-vous?

— Si ce n'est pas Paulette, dit ma
grand'mère en souriant, je ne sais de
qui vous parlez.

— Vous l'avez dit : c'est ma sœur Pauline que je veux donner à votre fils; dites
oui, madame Permon, je serais heureux de
ce mariage.

— Je vous l'ai dit, mon cher Napoléon ;
mon fils ne fera, en se mariant, que ce
qui lui conviendra. Jamais je ne l'in-
fluencerai pour refuser ou accepter tel
ou tel parti. Depuis la mort de son père,
il est chef de famille. Je n'ai pas, person-

nellement, de répugnance pour ce mariage ; il me conviendrait même assez ; j'en
parlerai à Permon ; mais, je vous le répète, il n'en sera que ce qu'il décidera
lui-même.

La conférence en demeura là : mais
le lendemain Bonaparte revint à la charge
et vint savoir ce que mon oncle avait répondu. Ma grand'mère ne lui en avait
pas encore parlé.

Bonaparte se fit répéter par ma grand'-
mère qu'elle ne s'opposait pas personn-
nellement au mariage de M. de Permon
et de Pauline , puis, croisant ses bras, et
souriant de ce charmant sourire qui lui
était particulier :

—Alors, madame Permon, je puis vous
adresser une autre requête dont le succès dépend de vous seule : que diriez-

vous du mariage de mademoiselle Lou-lou (1) et de mon petit-frère?

— Jérôme? s'écria ma grand'mère en riant.

— Oui, dit Bonaparte, pourquoi riez-vous?

— Vous n'y pensez pas, mon cher enfant; Laurette a onze ans et Jérôme ne ne les a pas encore!

— Je ne parle pas de faire ce mariage tout à l'heure, dit Bonaparte, mais ce pourrait être une chose arrangée.

— En vérité, Napoléon, dit ma grand-mère, quelle mouche vous pique depuis deux jours? Vous mariez tout le monde, même les enfans.

Elle se mit à rire comme une folle de

(1) On appelait ma mère, dans l'intimité de la famille, Laurette, ou *Loulou*. Bonaparte lui donnait habituelle-ment ce dernier nom; Elle s'appelait Laure.

la nouvelle idée matrimoniale qui avait poussé à Bonaparte. Il fit chorus avec elle; mais il ne riait pas franchement. Enfin, il se promena pendant quelques minutes sans rien dire, puis, s'arrêtant tout-à-coup d'un air sérieux :

— Oui, dit-il à ma grand'mère, oui, madame Permon, un vent de mariage a soufflé sur moi; je vous ai parlé d'abord de vos enfans, de ma sœur et de mon frère; ce n'est pas par eux que j'aurais dû commencer. C'est pour moi que j'aurais dû vous demander votre bienveillance, continua-t-il en lui baisant la main; cette union entre les deux familles, que ce soit moi qui la commence; après l'expiration de votre deuil voulez-vous consentir à devenir ma femme?

Ma grand'mère regarda Bonaparte pendant une ou deux minutes, aussi stupéfaite que s'il lui eût proposé de devenir la femme du pape : puis à ce silence d'étonnement succéda un éclat de rire homérique. Il lui fut impossible de se contraindre, et pendant près d'un quart-d'heure elle rit aux larmes sans pouvoir réprimer son hilarité.

Il n'est personne qui aime à se voir rire au nez : une pareille réponse est surtout choquante quand on n'a rien dit que de très raisonnable et de très naturel ; c'était le cas du général Bonaparte ; sa demande n'avait rien d'extraordinaire. En outre, si l'on songe quel était l'homme à qui ma grand'mère répondait par un éclat de rire, on comprend que cet homme, qui devait avoir la conscience de ce qu'il valait, dût être plus choqué que n'eût pu l'être un autre de voir sa demande accueillie d'une manière aussi este. Sa physionomie exprima sans doute ce qui se passait au-dedans de lui, car ma grand'mère s'arrêta tout-à-coup, et s'approchant de lui d'un air sérieux :

— Ne vous fâchez pas, Napoléon, lui dit-elle ; votre proposition m'a fait rire ; mais c'est de moi et non de vous que j'ai ri ; le rôle ridicule, dans cette occasion, c'est moi qui le joue. Vous croyez savoir mon âge, vous ne le savez pas. Je ne vous le dirai pas, mais je serais votre mère ; je serais même celle de Joseph ; laissons cette plaisanterie, elle m'afflige venant de vous.

— C'est vous, madame Permon, reprit Bonaparte d'un air assez chagrin, c'est vous qui m'affligez. Ce que je vous dis est sérieux ; le mariage est une chose sérieuse ; je ne plaisante pas avec ce qui est grave ; je ne sais pas votre âge, dites-vous? Que m'importe? Une femme n'a que l'âge qu'elle paraît, et vous avez l'air d'avoir trente ans ; ce n'est pas d'aujourd'hui que je pense à vous faire ma demande. J'y ai mûrement réfléchi. Je veux me marier.

— A la bonne heure, dit ma grand'-mère ; mais vous trouverez une femme de votre âge qui vous conviendra sous tous les rapports.

— Ah ! reprit Bonaparte, on veut me marier. On veut me donner une femme qui est charmante, bonne, agréable et qui tient au faubourg Saint-Germain ; mes amis de Paris veulent ce mariage ; mes anciens amis m'en éloignent ; moi, je veux me marier, et ce que je vous propose me convient mieux de toutes manières. Pour Dieu, madame Permon, réfléchissez-y !

— Mes réflexions sont faites, dit ma grand'mère. Ne pensez plus à cette folie ; ne pensez pas davantage au mariage de Laurette et de Jérôme, ce sont deux enfans ; quant à celui de Permon et de Paulette, c'est une autre affaire. J'en parlerai à mon fils. Dans quelquesjours je vous rendrai réponse. Pour ce qui est de nous, continua-t-elle en lui donnant la main, notre bonne amitié ne doit point être troublée de tout ceci ; je vous aime comme un fils ; n'ayez pas de moi trop mauvaise opinion ; j'ai beau avoir des prétentions, elles ne vont pas jusqu'à vouloir conquérir un cœur de vingt-six ans.

— Oh ! dit Bonaparte, vous plaisantez toujours ; réfléchissez au moins, madame Permon !

— Eh bien, dit-elle en riant, j'y réfléchirai.

Le résultat de ses réflexions fut de ne plus songer à ce qu'elle appelait la folie du *petit Napoléon*. Mon oncle, à qui l'on fit part de la démarche qui le concernait refusa tout net l'honneur d'être le mari de la belle Pauline.

Peu de temps après cette conversation, ma grand'mère eut une querelle assez vive avec le général Bonaparte à la suite de laquelle il cessa de venir chez elle. Ce ne fut que lorsque ma mère se maria, c'est-à-dire lorsque Bonaparte, premier consul depuis un an, était déjà sur la première marche de ce trône où il s'assit l'égal et le vainqueur des rois de l'Europe, qu'il retourna pour la première fois chez ma grand'mère.

M. de Caulaincourt arriva un jour chez elle, un mois ou six semaines après cette petite scène; quand il se fut établi bien

commodément dans une excellente bergère, il dit d'un air satisfait :

— Savez-vous qu'il a bon goût, votre
général Bonaparte.

— Cela dépend, dit ma grand'mère
qui avait gardé pour elle l'histoire de la
demande en mariage.

— Je veux dire, continua le bon M. de
Caulaincourt, qu'il ne ressemble pas
aux jeunes gens qui, quand il s'agit de
s'établir, préfèrent en général une jolie
petite fille à une femme, belle encore,
et qui connaît le monde.

— Que voulez-vous dire? s'écria ma
grand'mère à qui on pouvait pardonner
de croire que cette observation était à
son adresse, et qui, bien sûre de la discrétion de son fils à qui elle avait seule
conté la chose, ne comprenait pas com-

ment son vieil ami pouvait en être in-
struit.

— Parbleu ! reprit monsieur de Caulaincourt, je veux dire que le général
Bonaparte a donné une preuve de son
bon goût en faisant le choix qu'il a fait,
car madame de Beauharnais est une
femme charmante sous tous les rapports.

M. de Caulaincourt était l'ami de madame de Beauharnais,

— Bonaparte épouse madame de Beauharnais ? s'écria ma grand'mère.

— La semaine prochaine, dit M. de
Caulaincourt.

Ma grand'mère se mit à rire d'aussi bon
cœur que le jour où Napoléon lui avait
proposé de l'épouser elle-même. Son
vieil ami, qui ne comprenait rien à cet
excès de gaîté, ou qui craignait qu'il
n'eût une [cause qui ne fût pas très obli-

geante pour une personne à laquelle
il portait un vif intérêt, fit une grimace à laquelle ma grand'mère devina
ce qui se passait dans son esprit. Comme
elle était bonne par excellence, elle reprit son sérieux, et dit à M. de Caulaincourt :

— Je ris de quelque chose que vous ne
sauriez deviner, mon ami ; croyez bien
que je n'ai pas voulu vous être désagréable en quoi que ce soit.

Mon oncle, qui entrait en ce moment
fut mis au courant de la nouvelle qu'ap-
portait M. de Caulaincourt, et le spirituel vieillard put, quoiqu'en ait dit ma
grand'mère, deviner ce qui avait provoqué son hilarité, en l'entendant dire à
mon oncle :

— Lui qui parle toujours de la destinée, il paraît que la sienne était d'épou-

ser une femme qui eût pu être sa mère.

Ce mariage avait été négocié par ceux des amis de Bonaparte qui se trouvaient être en même temps dans l'intimité de Barras. Porté au pouvoir par les événemens du 13 vendémiaire, Barras affecta dans cette occasion une grande reconnaissance pour le général Bonaparte, à qui était dû tout le succès de cette journée. Intimement lié avec madame de Beauharnais, il lui sembla très commode de trancher du souverain et de faire la fortune de l'homme à qui il devait tout en casant convenablement une femme à laquelle il portait de l'intérêt. Madame de Beauharnais était alors parfaitement belle, quoique déjà d'un âge respectable. Elle était d'une bonne famille, quoiqu'elle n'ait jamais été *présentée* sous l'ancien régime. La faveur de Barras ne pouvait manquer à l'homme qui donnerait son nom à une personne si avant dans l'intimité du 'directeur. Bonaparte, qui, ainsi qu'il le disait, voulait se marier, et qui, d'accord peut-être avec sa destinée, aimait mieux épouser une femme déjà posée qu'une jeune fille sans expérience, ne se refusa pas à contracter une alliance convenable de tous points. Le mariage se fit, et il ne tarda pas à aimer sincèrement Joséphine, mais il n'est guères possible d'admettre qu'il l'ait épousée par amour.

Le crédit de madame Bonaparte ne contribua pas peu à faire donner à son mari le commandement en chef de l'armée d'Italie. Il est permis de douter que le gouvernement directorial, qui a donné tant de preuves d'ineptie et d'incapacité, eût fait choix de Napoléon, uniquement parce qu'il était le plus digne. On est même autorisé à croire que ce qui aurait eu lieu, eût été précisément tout le contraire. Tout est donc pour le mieux dans le meilleur des mondes possibles.

C'est ici la place d'une petite anecdote assez curieuse, parce que le nom du général Bonaparte s'y trouve mêlé, et qui se passa quelque temps avant l'histoire de la triple demande en mariage adressée à ma grand'mère, et même avant le 13 vendémiaire.

Tout le monde sait que jusqu'à cette époque, Bonaparte, disgrâcié, n'était pas dans une brillante position de fortune. Il vivait modestement à Paris, faisant bourse commune avec Bourrienne, son ami et son ancien condisciple, plus tard son secrétaire et son détracteur, et Junot, son aide-de-camp, qui avait mieux

aimé rester avec le général disgrâcié, que
près de tel autre en faveur.

Le trio avait donné à l'argent que mon
père recevait ordinairement ou extraor-
dinairement de sa famille, le nom pom-
peux de *galions*. Quand l'envoi se faisait attendre, on disait philosophiquement :

— Les galions ne sont pas arrivés.

Mais quand les galions, sous la forme
de la diligence, avaient fait leur entrée
triomphante dans le port de la rue du
Bouloy, on les accueillait avec reconnaissance, et on se permettait le petit
dîner aux *Trois frères Provençaux*.

Les galions étaient sans doute arrivés
le matin ou la veille, car les trois amis
se trouvaient attablés dans un bon cabinet bien chaud lorsque l'on frappa à la
porte. Un domestique entra, et après
avoir examiné chacun des convives avec

attention, il s'avança vers mon père et lui remit un billet dont il attendait la réponse.

Mon père regarda la lettre; il n'y avait pas d'adresse; il le fit remarquer au domestique.

— C'est bien pour vous, dit celui-ci.

— J'irai, dit mon père, après avoir lu.

Le domestique parti, mon père tendit la lettre à son général, qui lut tout haut ce qui suit:

« Vous ne me connaissez pas; je suis
» donc obligée de vous dire que je suis
» jeune, jolie, d'une bonne famille, bien
» placée dans le monde, et que je vous
» aime à la folie. Dans deux heures je
» vous attends chez moi, rue du Mont-
» Blanc, n°..... Vous demanderez ma-

» dame Georges, et vous rapporterez la
» lettre. »

— C'est quelque aventurière, dit Bonaparte.

— Elle aura senti les galions, dit Bourrienne.

— Gardez-les, général, dit mon père ;
Bourrienne pourrait bien avoir raison ;
quant à ma peau, je ne crains rien ; je
crois que je serai bien plus le fait de cette
honnête personne, vivant que mort. Je
vais y aller.

On parla du rendez-vous mystérieux
encore un instant, puis il n'en fut plus
question, et à l'heure dite, mon père se
rendit rue du Mont-Blanc, au numéro
indiqué, demanda madame Georges, et
fut introduit dans un appartement très

élégant, où il fut reçu par une charmante
personne d'une trentaine d'années, qui
avait les plus beaux cheveux blonds du
monde, les yeux les plus doux, la démarche la plus suave, et que l'on eût
prise pour la vierge Marie en personne,
si elle eût voulu se donner la peine de
cacher son jeu.

Mon père tira la lettre de sa poche et
la lui présenta respectueusement comme
pour lui dire :

— C'est bien moi !

La femme blonde prit la lettre en souriant, la jeta négligemment sur un meu-
ble, et tendant une petite main blanche
à mon père, le fit asseoir à côté d'elle
sur un sofa bien doux et bien parfumé,
avec un sourire qui n'avait rien d'inquiétant.

— Je suis Anglaise, dit-elle, rompant

la première le silence . Vous n'aimez pas
sans doute les gens de ma nation.

— Je fais une différence entre ceux et
celles de votre pays, madame, dit gaîment
mon père ; je me bats volontiers contre
les uns, et je crois que l'honneur me permet de rendre les armes aux autres.

— Il y a longtemps que j'ai envie de
vous voir, dit l'Anglaise avec un accent
assez peu prononcé, et s'expliquant avec
une grande pureté ; depuis Toulon je
suis amoureuse de vous. Ne me prenez
pas pour une folle ; je suis la sœur de sir
Georges C....... qui commandait une
partie des forces anglaises à Toulon.
J'aime les braves ; votre nom est là, continua-t-elle en montrant son cœur ; depuis cette époque, je n'ai pu venir en
France qu'à présent. Arrivée hier, je me
suis informée de vous, et j'ai su, il y a

deux heures, que vous dîniez dans un endroit public. Je vous ai écrit ; j'ai bien craint que vous ne vinssiez pas ; vous voilà, si ma franchise ne vous déplaît pas, je suis heureuse.

Mon père avait vingt-quatre ans à peine, il était très bel homme ; que l'amour de l'Anglaise, auquel elle donnait deux ans de date, fut sincère ou non, elle était charmante ; il venait de faire un bon dîner, il était dans un boudoir qui semblait appeler le plaisir. Comme on le pense bien, il ne se montra pas trop pointilleux ni cruel, et la belle insulaire n'eut pas à se repentir de ses avances, peut-être un peu exagérées.

Il y avait plus de deux heures que mon père était chez l'Anglaise, et ils n'avaient pas encore beaucoup parlé, lorsque celle-ci, dans une phrase qu'elle lui adressa, l'appela général.

Mon père, qui n'était pas homme à se donner les gants d'un grade qu'il n'avait pas, lui dit en lui faisant un grand salut :

— Capitaine, milady, s'il vous plaît.

L'Anglaise resta stupéfaite.

— Je ne comprends pas, dit-elle.

— Je serais heureux, dit mon père, de recevoir les épaulettes de général d'aussi belles mains que les vôtres, mais j'ai une bien grande vénération aussi pour celles qui m'ont donné l'épaulette de capitaine. Je la tiens du général Bonaparte ; et vous qui aimez la gloire.....

— Que dites-vous ? s'écria l'Anglaise hors d'elle-même.

Mon père crut que l'Anglaise était prise d'un accès de patriotisme, et il s'approcha d'elle pour lui prendre la main et essayer de parler d'autre chose, mais elle fit un bond comme une lionne blessée par un chasseur, et s'enfuit à l'autre bout de la chambre.

— Ne m'approchez pas, lui cria-t-elle. Vous n'êtes donc pas le général Bonaparte ?

— Hélas, non, dit mon père : qui a pu vous abuser à ce point.... ?

— Ab ! dit l'Anglaise, avec l'accent d'une profonde douleur ! ce n'est pas lui ! — et moi qui depuis deux ans !....

Elle exprima ce regret d'une manière si comiquement tragique que mon père ne put s'empêcher de sourire.

— Monsieur, dit l'Anglaise, rappelée à sa fureur par ce sourire qu'elle trouva sans doute passablement impertinent ; voulez-vous m'apprendre comment vous

vous trouvez possesseur d'une lettre qui ne vous était point adressée ?

Mon père lui raconta avec sa franchise habituelle ce qui s'était passé, et lui donna sa parole d'honneur qu'il lui disait la vérité.

Il y avait dans l'accent de sa voix quelque chose qui sans doute persuada lady Maria C......., car elle s'apaisa en l'écoutant. Mais elle ne comprenait pas plus que lui comment il se trouvait nanti de la lettre destinée à son général. Elle sonna et ordonna au domestique de place qui la servait, de lui rendre compte de la manière dont il s'était acquitté de sa commission.

— J'ai remis, dit le domestique, la lettre au citoyen que voilà. Il peut le certifier. Quand je suis arrivé aux Frères Provençaux, j'ai demandé où dî-

nait le général Bonaparte. J'ai été mené
par le garçon à la porte d'un cabinet où
le citoyen qui est ici présent se trouvait
avec deux autres. Je me suis rappelé que
Madame m'avait dit : voilà une lettre sans
adresse; tu la remettras à l'homme qui
te paraîtra le chef des autres. J'ai trouvé
trois citoyens, dont l'un avait une figure
maigre et jaune ; je me suis dit : ce n'est
pas celui-là ; l'autre était si laid et avait
une si mauvaise tournure, que je ne lai
pas regardé deux minutes; mais quand j'ai
vu le grand citoyen blond, j'ai dit en
moi-même : Voilà mon homme. J'espère
que j'ai fait preuve de sagacité, et que
la citoyenne est contente de moi.

Mon père ne put s'empêcher de rire
de l'honneur que lui avait valu sa bonne
mine. Lady Maria congédia l'intelligent
domestique, et ce qui ferait croire qu'elle

se consola aisément de la méprise qui
avait amené chez elle le capitaine grand
et bien bâti, dont elle avait déjà pu ap-
précier tout le mérite, à la place du général maigre et jaune dont on lui avait
fait un portrait si peu séduisanl, c'est
qu'il faisait grand jour depuis longtemps
quand mon père quitta la maison de la
rue du Mont-Blanc.

Il rit beaucoup avec son général du
vol qu'il lui avait fait sans le savoir, et
que Bonaparte lui abandonna généreu-
sement, sans chercher à rentrer dans un
bien qui lui avait été primitivement destiné.

II.

Le Directoire avait confié au général
Bonaparte la mission de relever en Italie
la gloire de nos armes, compromise par
l'incapacité ou la déloyauté de quelques
chefs indignes. On sait comment il rem-

plit cette noble mission, et les prodiges de cette merveilleuse campagne d'Italie. Parmi les plus braves officiers de son état-major, il avait remarqué Joachim Murat, qui devait plus tard devenir son frère, l'abandonner, et expier cruellement sa trahison envers l'empereur. Ce fut Murat que Bonaparte chargea d'apporter au Directoire les premiers drapeaux enlevés aux ennemis.

On peut facilement se faire une idée de l'enthousiasme qu'excita à Paris la nouvelle des victoires du jeune général. Assez naturellement une partie de cet enthousiasme fut reversée sur l'officier supérieur que Bonaparte avait jugé digne de transmettre ses trophées aux chefs du gouvernement. Murat était d'une grande taille, et ce que l'on est convenu d'appeler vulgairement un bel homme. Il portait un riche uniforme de fantaisIe, qui déjà, à cette époque, tendait à le faire remarquer par sa singularité théâtrale. Il avait un aplomb et une aisance à la hussarde qui n'allaient pas mal à la position dans laquelle il se trouvait. Le jeune colonel fut donc en peu de temps un des hommes à bonnes fortunes les plus recherchés de Paris : on se l'arrachait ; et il n'était fille de bonne mère, qui se fût consolée de n'avoir pas su à quoi s'en tenir sur le mérite particulier du colonel Murat, qui, rappelé en Italie par son devoir, devait bientôt reprendre ses premiers succès contre les Russes, au détriment de ses conquêtes parisiennes.

Madame T.....n, la beauté de cette époque, avait accueilli avec une grande bienveillance le colonel Murat, qui s'était

laissé faire avec une complaisance digne
d'un grand vainqueur. Il paraît que les
lauriers, ou plutôt les myrtes de madame T.....n empêchèrent de dormir
une autre femme, très belle aussi, quoique bien plus âgée, fort liée avec la
belle Andalouse, et dont les amours lé-
gales étaient à l'armée d'Italie.

Cette femme occupait aux Champs-
Elisées une maison délicieuse où l'on
trouvait tout le charme de l'ancien régime, et tout le luxe nécessaire pour développer cette élégance au suprême degré. Le colonel Murat reçut un jour un
petit billet parfumé contenant une invitation à déjeûner pour le lendemain.
Il était de la maîtresse de la jolie maison
des Champs-Élysées. Murat, qui avait
toutes sortes de raisons pour tenir à se
faire une *amie* de cette belle personne,

laquelle était fort avant dans les bonnes grâces du directeur Barras, mit ses plus beaux panaches, ses uniformes les plus brillans, et se rendit à l'heure dite aux Champs-Élysées. Il ne fut pas très fâché de ne pas trouver d'importuns : le déjeûner eut lieu tête-à-tête; il paraît que la conversation du colonel fut tout-à-fait du goût de la belle dame, car elle le retint à dîner, puis à souper.

Mais toute la journée ne peut pas se passer à déjeûner, à dîner, à souper, et même, à la honte de notre pauvre espèce humaine, à causer; dans un moment d'inaction, la belle hôtesse du colonel lui offrit de boire un verre d'excellent punch qui, disait-elle, serait un punch comme il n'en avait jamais bu, et qu'elle préparerait de ses blanches mains. Comme on le pense bien, Murat ne refusa pas une si agréable proposition, et une jatte de porcelaine de la Chine reçut tous les ingrédiens d'un punch tel que le préparent les créoles, c'est-à-dire du thé, du jus d'orange, du pur et vieux rhum de la Jamaïque, et quelques épices d'un arôme fin et excitant. Jamais en effet Murat n'avait rien bu de si délicat; il se confondit en éloges et accepta, avec non moins de reconnaissance que la liqueur elle-même, l'offre qu'on lui fit de lui apprendre à la composer. Un colonel de hussards est bien vite au fait en pareilles matières; la leçon, gaîment donnée et reçue, ne fut pas perdue, et en quelques minutes l'écolier était de la force de son institutrice.

Elle fut sans doute très flattée du succès de son punch et de celui de ses leçons, car elle voulut témoigner sa satisfaction à son élève par un présent qui lui rappelât cette journée. Ce qui avait, dans la confection du mélange, frappé le plus le colonel, c'était un petit outil en vermeil au moyen duquel le jus des oranges, pressées sans efforts, avait passé tout entier dans la jatte. Il considérait le mécanisme de ce petit instrument.

— Voilà, dit-il à la belle dame, une charmante invention ; je ne puis me lasser de l'admirer.

— Conservez-le, lui dit-elle, conservez-le en souvenir de moi et de cette charmante journée.

Le petit présent fut accepté avec reconnaissance, et on se remit à causer de plus belle, et le colonel fut plus aimable que jamais.

Ceci dura jusqu'à l'époque à laquelle Murat dut repartir pour l'armée d'Italie.

Lorsqu'il quitta Paris, il est probable qu'il était de première force sur la manière de faire le punch à la créole, car il avait souvent été à même de répéter la leçon qui avait si bien réussi la première fois.

Quoique le jeune général en chef donnât passablement d'occupation à son armée, on n'est pas toujours sur le champ de bataille, et quand on ne bivouaque pas, ce que l'on a de mieux à faire c'est de passer le temps le plus gaîment qu'on le peut. Murat qui, ainsi qu'on le sait, employait assez bien son temps quand il avait l'ennemi en face, aimait assez à égayer ses loisirs, et fréquemment il réunissait chez lui un assez grand nombre d'officiers.

Un jour, il avait donné à déjeûner à une quinzaine de ses camarades ou de ses subordonnés : parmi les convives était M. de Lavalette, lequel, par parenthèse, devint plus tard l'allié de la belle dame des Champs-Élysées. On s'était un peu échauffé à table, et pour couronner l'œuvre à la hussarde, quelqu'un pria l'Amphytrion de faire servir un bol de punch.

— Parbleu, dit Murat, dont la tête commençait à se ressentir, comme celles de ses convives, des nombreuses libations qui avaient été faites depuis le matin, je vais vous faire boire du punch comme vous n'en avez jamais bu.

— Il faut toujours qu'il se vante, dit Lavalette à son voisin ; comme si nous ne savions pas ce que c'est que du punch !

— Tu ne sais ce que tu dis, s'écria Murat qui l'avait entendu, et tu ne sais pas davantage ce que c'est que le punch que tu vas boire!

Il sonna son valet de chambre et lui donna ses ordres, en lui recommandant de ne pas se tromper et de lui servir ce bon rhum de la Jamaïque dont on lui avait fait présent à Paris.

— Il est authentique, dit-il à ses hôtes, la personne qui me l'a donné l'a reçu en ligne directe; elle est créole.

Les ingrédiens apportés, Murat se leva et tira de son nécessaire de campagne le petit outil de vermeil dont il a déjà été question.

— Qu'est-ce que c'est que cela? dit Lavallette.

— Ah! dit Murat, tu crois que je vais vous faire du punch de cabaret: regarde un peu, et tâche de profiter comme moi de la leçon.

Sur ce, il se mit en devoir d'opérer, et, à la satisfaction générale, il obtint un résultat qui faisait honneur au professeur et à l'écolier qui avait si bien réussi à l'imiter.

Le punch fut trouvé si bon que l'amphytrion dut renouveler son expérience plus d'une fois. Il est à peu près inutile de dire que les convives, qui étaient passablement gris avant le premier bol de punch, se trouvèrent être quelque chose de plus après le quatrième ou le cinquième; tous les hommes sont égaux devant l'ivresse, et la qualité de maître de maison n'en défend pas l'amphytrion. Murat ne tarda pas à se trouver à peu près au diapason où l'excellente liqueur avait monté le reste de la société; l'ivresse est communicative; il commença à faire une nouvelle application du

iii. 4

vieux proverbe : *in vino veritas* ; malgré
quelques réticences, tous les conviés eurent bientôt un récit complet de la fameuse
journée avec accompagnement de déjeûner, dîner, souper, sans que les entr'actes,
qui avaient servi de prétextes au bienheureux punch, eussent été oubliés, et la narration du conteur fut si fidèle, que, bien
que pas un nom n'eût été prononcé, les
auditeurs, qui connaissaient leur Paris
sur le bout du doigt, surent parfaitement
à quoi s'en tenir sur le compte de la
belle maîtresse en droit bachique.

Rien, d'ailleurs, ne devait manquer
pour que leur édification fût complète
sur ce chapitre. Un d'entre eux, qui avait
guigné le joli instrument de vermeil,
s'en empara comme pour l'examiner.

— Tiens, dit-il en souriant de ce sourire naïf que donne l'ivresse, il y a là

de quoi faire une éducation complète. Voilà un petit alphabet très commode pour apprendre à lire. J..... J..... J.... et puis B..... B..... Ba..... Be..... Bi..... Bo..... Bon..... Bona......

Murat s'élança sur l'indiscret déchiffreur d'hiéroglyphes, et lui enleva le petit instrument; mais il était trop tard. Les chiffres accusateurs avaient été expliqués par la troupe entière avec autant de facilité que Daniel en mit à lire le fameux MANE, THEKEL, PHARES.

Comme on le pense bien, cet incident eut du retentissement. Il parvint rapidement aux oreilles du général en chef. Il y eut une explication à ce sujet entre lui et Murat, qui ne nia pas le J., lequel lui appartenait de plein droit en sa qualité de Joachim; mais il protesta contre le B., jurant ses grands dieux que l'hom-

me qui avait épelé était tellement ivre,
qu'il avait pris un M pour un B. Il fallut bien se contenter de son explication,
car il prétendit que dans la bagarre, la
pièce de conviction avait été égarée ou
jetée par la fenêtre, ce que, disait-il, il
regrettait fort; à défaut du général en
chef, une autre personne a pu lui savoir
gré de ses regrets et le dédommager de
l'heureuse perte du petit bijou.

Murat, du reste, n'avait pas perdu son
temps à Paris, dans ce voyage qu'il y fit
pour apporter au Directoire les premiers
drapeaux pris sur l'ennemi en Italie. Il
y avait eu de nombreux succès. Il fut le
héros d'une triple aventure qui donne
assez la mesure de ce qu'était alors le
relâchement des mœurs.

Il était un soir à l'Opéra; il vit dans
une loge trois des plus jolies femmes de

cette époque. Il vint les saluer, et on le retint dans la loge.

— Restez, colonel, lui dit celle qui, étant la locataire de la loge, y jouait le rôle de maîtresse de maison, vous allez juger une grave question. Mais, avant tout, il faut nous donner votre parole d'honneur que vous serez impartial; celles que vous condamnerez ne vous en voudront pas. Nous nous y engageons toutes les trois.

Murat, assez surpris de cet exorde débité d'un ton solennel, demanda de quoi il s'agissait. On exigea préalablement qu'il donnât la parole qu'on lui avait demandée; quand il se fut exécuté, madame A..... (1), la maîtresse de la loge, lui dit gravement :

(1) Je prie le lecteur de se rappeler ce que j'ai dit dans

— Quand vous êtes arrivé, nous étions bien loin de faire acte d'humilité, car chacune de nous prétendait être la plus belle, ou, ce qui vaut peut-être mieux, la plus jolie; vous êtes homme à décider la question.

Tout colonel de hussards qu'il était, Murat demeura confondu de l'aplomb de ces femmes, qui venaient, pour ainsi dire, se jeter à sa tête toutes les trois à la fois. Il ouvrit de grands yeux, demeura la bouche béante, et ne put trouver un mot à répondre à l'étrange discours qu'il venait d'entendre.

mon introduction : « Presque partout, y disais-je, je n'em-
» ploierai que des initiales ; et , comme quelquefois on
» pourrait reconnaître ceux qu'elles désignent, il m'arri-
» vera souvent d'en mettre d'imaginaires. » Plus nous ap-
prochons du temps présent, plus il m'arrivera fréquemment de me servir de cet adoucissant; comme toutes mes
histoires sont vraies, je puis me permettre cette petite ruse, car (je l'ai dit aussi dans mon introduction), on peut
amuser les honnêtes gens, sans faire de peine à personne.

— Vous nous refusez, colonel, lui dit la blonde madame B.....; ce n'est pas aimable.

— Mesdames, dit bêtement Murat, croyez que..... certainement..... l'embarras du choix.

— Allons donc! dit madame C..... l'embarras du choix! il n'y a pas deux femmes qui se ressemblent!

— Ma foi, pensa Murat, qui ne fut pas long à se remettre du trouble que lui avait causé dès l'abord cette attaque à brûle-pourpoint, pour ce que je risque...

Puis il ajouta en s'adressant à celle qui lui avait parlé la première :

— Croyez bien, madame, que je serai toujours trop heureux d'être à vos ordres et à ceux de ces dames.

— A la bonne heure, dit madame A...,
à quand l'arrêt?

— Mais, dit Murat, qui voyait bien
qu'il ne ferait ses frais qu'en faisant traî-
ner la procédure, je demande le renvoi
à huitaine.

— A huitaine? s'écria madame C..., y
pensez-vous? Ce serait pour en devenir
folles!

— Clara a raison, dit madame A...;
demain je vous donne à déjeûner, et après
le déjeûner nous viderons à huis-clos ce
grand débat.

On tomba d'accord et le lendemain le
juge et les trois plaideuses s'enfermèrent
après avoir fait honneur à un excellent
dejeûner, dans lequel s'était distingué le
cuisinier de madame A..., alors un des
plus habiles de Paris.

Murat prit séance, et ces trois dames

assirent en face de lui, attendant avec courage le jugement qui allait être rendu.

Elles étaient ravissantes toutes trois. Madame A..., grande et bien faite, portait une robe à la grecque comme on les faisait alors, et ses belles formes se dessinaient avec avantage sous ce costume qui ne pêchait pas par le rigorisme. Ses beaux cheveux châtains étaient disposés en bandeau. Dans ce nouveau jugement de Pâris, elle ne représentait pas mal la noble Junon.

Madame B... qui était blonde et qui avait plus de grâce peut-être que de beauté, avait une robe de mousseline de l'Inde, dont les nuages ne voilaient pas ses charmes de manière à les dérober à l'œil du juge. Si le juge avait eu une prédilection marquée pour les femmes blondes, il eût pu, sans injustice, lui faire jouer le rôle de Vénus. Mais Murat avait décidé que ce serait bien plutôt à son profit personnel que le jugement serait rendu qu'à celui d'une des trois parties. Il n'avait donc point hâte à se prononcer.

Madame C... avait des cheveux noirs comme le jais ; ses yeux, brillans comme deux étoiles, étaient surmontés d'épais sourcils ; sa bouche vermeille s'ombrageait d'un léger duvet ; elle portait la tête haute comme la Pallas antique, et ce qui ne contribuait pas le moins à lui donner un air de ressemblance avec cette fière déesse, elle était venue à cheval et portait avec un charme tout particulier une élégante amazone de drap bleu qui dessinait toute la richesse de formes admirables.

Joachim, qui s'était bien promis de tirer tout le parti possible de sa position, prit un air tout-à-fait magistral, et s'adressant aux trois amies, il leur dit d'un ton sentencieux :

— Puisque je me suis prêté à votre désir, mesdames, j'espère que vous voudrez bien vous soumettre à mes arrêts, quels qu'ils soient, avec toute l'obéissance qui est due à un juge suprême. Je vous déclare ici formellement que je n'accepte les fonctions que vous avez bien voulu me conférer qu'à la condition expresse que mes sentences seront sans appel.

Il lui fut répondu que la chose allait sans dire, et qu'il trouverait dans ses justiciables une obéissance passive qui le récompenserait de la peine qu'il voulait bien prendre en cette occasion.

Le juge murmura entre ses dents le refrain de cette chanson populaire de Collé :

Y a plus d'plaisir que d'peine, etc.

Car ce n'était pas, surtout à cette époque, par l'exquise urbanité de ses manières qu'il se distinguait. Puis, après
avoir réfléchi quelques minutes, il dit
d'une voix calme et tout-à-fait magis-
trale :

— Avant d'entamer le procès qui est
pendant à mon tribunal, je vais rendre
un arrêt dont l'exécution facilitera l'instruction de cette affaire. Veuillez, mesdames, me prêter toute votre attention,
et vous rappeler l'engagement que vous
avez pris de vous conformer à toutes mes
décisions.

Junon lança à Pallas un coup-d'œil
auquel celle-ci répondit par un geste
que l'on eût pu traduire ainsi :

— Il faut obéir quand même!

Le moderne Pâris, attachant sur les belles plaideuses un regard de connaisseur, poursuivit en ces termes :

— Attendu que dans une question du genre de celle qui nous occupe, on ne peut décider qu'en parfaite connaissance de cause ;

» Attendu que la religion du juge ne saurait être éclairée par d'autres témoignages que par celui de ses propres yeux ;

» Attendu que la fraude pourrait très bien, à l'aide de vêtemens plus ou moins amples, fausser le jugement impartial du magistrat ;

» Attendu surtout qu'une des plaideuses est couverte d'un vêtement boutonné jusqu'au menton, ce qui est incompatible avec un examen sévère ;

» Ordonnons :

» Les trois plaideuses pardevant nous devront immédiatement mettre la justice à même de s'assurer, par les yeux du magistrat choisi par elles, des mérites relatifs qui peuvent assurer à l'une d'entre elles le prix de la beauté, objet de la contestation.

Madame A... et madame B... se récrièrent ; mais madame C..., celle qui était en amazone, et qui avait peut-être adopté à dessein ce costume qui devait exciter les réclamations du colonel, madame C... s'empressa de reconnaître qu'elle avait eu tort de mettre une robe qui l'enfermait comme dans un étui ; que l'observation de leur juge était très juste et qu'elle était prête à se soumettre à ses ordres.

Les deux autres résistèrent quelques

instans ; enfin sur la remarque que fit l'amazone qu'elles étaient entre femmes, elles s'exécutèrent de bonne grâce ; elles se servirent mutuellement de femme de chambre, et bientôt elles apparurent aux yeux de Murat, enchanté de la bonne idée qu'il avait eue, dans le costume, ou peu s'en faut, où les trois déesses se présentèrent au berger Pâris sur le mont Ida.

Le juge s'acquitta de ses fonctions avec une scrupuleuse exactitude ; il compara l'ensemble et les détails soumis à son inspection avec autant de soin , sinon de sangfroid , que s'il eût passé la revue de son régiment. Il ne se pressait pas de décider, et il est vrai de dire que le spectacle qu'il avait sous les yeux était assez attrayant pour qu'il se plût à le considérer. Ces trois dames étaient véritablement charmantes, et chacune d'elles ne pouvait que gagner à la sentence du juge qui avait exigé que l'examen ne se bornât pas au visage.

Il y avait cependant assez longtemps que durait l'instruction du procès : la dignité du magistrat menaçait d'être compromise; les plaideuses lui témoignaient plus de tendresse que de respect. Quand on est jeune, ardent, méridional et colonel d'hussards, il n'y a magistrature réelle ou fictive qui tienne; c'est une chose qui se comprend de reste. Je ne sais ce que dit Murat à ses plaideuses; mais le fait est qu'elles tinrent à lui prouver qu'elles savaient faire un bon usage de ces dons que leur avait donnés Dieu, et que le procès qui s'agitait entre elles ne les avait pas désunies ; elles s'entendaient, au contraire, à ravir. Le juge se paya de ses honoraires séance tenante, et pas une des trois ne lui en voulut quand il leur répondit au moment de les quitter :

— Ma foi, je ne donne la pomme à aucune d'entre vous ; parce que toutes trois vous êtes belles, jolies, adorables.

Malgré cette décision, ce fut Pallas qui eut le privilége de faire sur lui l'impression la plus durable. Plus de quinze jours après cette mémorable journée, et peu de temps avant celle des Champs-Elysées, il avait encore avec elle des relations qui n'avaient pas cessé d'exister depuis le jour de la grande audience ; et quinze jours c'était beaucoup pour un homme aussi occupé que le fut le colonel Murat pendant le court séjour qu'il fit à Paris.

Il arriva à cette époque une assez drôle

d'aventure à la blonde personne que j'ai
désignée sous le nom de madame B...
Elle demeurait dans la rue Chantereine,
qui n'avait pas encore reçu le nom de la
Victoire. Un soir qu'elle était un peu
malade, elle avait défendu sa porte, ex-
cepté pour quelques amis intimes, et, couchée sur sa chaise longue, elle les avait
reçus dans sa chambre à coucher où son
mari et les élus admis faisaient tranquillement près d'elle une partie de bouillotte.

Son valet de chambre vint lui dire à
l'oreille qu'une femme, qui prétendait
qu'on l'attendait, demandait à être in-
troduite; qu'il avait dit que madame
était indisposée et que cette femme lui
avait répondu qu'elle le savait bien et que
c'était précisément ce qui l'amenait.
Madame B...., qui ne comprenait rien à

cela, s'enquit de la tournure de cette femme et son valet de chambre lui ayant dit que c'était une personne assez grotesque, vêtue à l'ancienne mode et qui avait l'air d'une subalterne, elle lui ordonna de la faire entrer.

Elle ne fut pas médiocrement surprise en voyant s'avancer une grande femme vêtue d'une robe comme on les faisait sous la régence, portant un petit bonnet monté, ayant les cheveux retapés, et qui lui fit une respectueuse révérence qui n'était pas exempte de cet air de confiance que prennent les gens qui sentent leur mérite. La singulière visiteuse s'approcha de sa chaise longue, et d'un ton moitié humble, moitié satisfait d'elle-même, elle dit à madame B....

— J'espère que madame sera contente de mon exactitude; mais monsieur Bau-

delocque a pu dire à madame que jamais je ne me suis fait attendre.

— Que voulez-vous, madame ? dit la
femme blonde qui ne comprenait pas un
mot au discours de la vieille femme.
J'ignore........

— Je viens de la part de M. Baudelocque, dit celle-ci, et je suis madame
Frangeau.

Cette madame Frangeau était la garde
favorite du fameux Baudelocque, le plus
habile accoucheur de son temps. Tout
Paris la connaissait. Mais madame B...
n'ayant jamais eu d'enfans, n'avait jamais
eu besoin de son ministère et ne la connaissait que de réputation. Elle fut donc
de plus en plus étonnée quand madame
Frangeau se fût présentée officiellement.

Elle allait demander à la garde l'explication de sa venue et de ses paroles,

quand M. B..., qui venait d'être décavé avec un brelan en main par un brelan supérieur, s'approcha de fort mauvaise humeur de la chaise longue de sa femme, et entendant les dernières paroles de la vieille madame Frangeau, dit d'un ton brusque :

— M. Baudelocque! madame Frangeau! Tout cela est très bien! mais que diable voulez-vous que nous fassions de vous? est-ce que vous croyez que madame est grosse, par hasard?

Madame Frangeau, qui n'était pas au fait de ce qui pouvait avoir mis M. B... de si mauvaise humeur, se méprit complétement sur le sens des paroles du banquier. Elle crut, la brave femme, avoir commis une grande imprudence; il lui vint subitement à l'esprit que Baudelocque seul était dans la confidence de la

grossesse de madame B..., et que l'accouchement était destiné à être fait inco-
gnito. On peut se faire une idée de l'expression que prit la grande figure maigre et ridée de cette pauvre femme qui
crut avoir révélé un de ces terribles se-
crets de ménage dont elle avait été si
souvent la fidèle dépositaire. Ses traits
exprimèrent un désespoir si comique que
M. B..., madame B... et les joueurs de
bouillotte ne purent retenir un éclat de
rire qui ne contribua pas peu à faire perdre tout-à-fait contenance à l'excellente
madame Frangeau.

Quand l'hilarité générale fut un peu
calmée, madame Frangeau, rassurée sur
l'indélicatesse imaginaire que se repro-
chait sa conscience de fidèle et discrète
garde de femmes en couches, donna l'explication de son apparition inattendue.

M. Baudelocque lui avait remis une
adresse écrite à la main, pour qu'elle se
rendit près d'une madame B... demeurant rue Chantereine n°..... Cette madame B... dont le nom était, par hasard,
le même que celui du banquier, était
une jeune femme à laquelle Baudelocque voulait beaucoup de bien, et il n'y
avait rien d'impossible à ce que l'enfant
à qui il allait faciliter l'entrée en ce monde ne lui tînt d'assez près. Il avait donc,
dans son intérêt pour cette jeune femme,
dépêché sa favorite, madame Frangeau,
laquelle avait perdu l'adresse écrite par
Baudelocque. Mais sa mémoire fidèle
avait retenu le nom de la malade et celui de la rue. Arrivée dans la rue Chantereine elle s'était adressée au premier
marchand venu, lequel, tout naturellement, lui avait indiqué la maison du

banquier, qui, comme on le pense bien, était plus connu que la jeune couturière (c'était je crois la profession de la protégée de Baudelocque). Le reste s'explique tout seul, et madame Frangeau s'en alla porter à celle à qui elle était véritablement adressée les secours qu'elle regretta peut-être de n'avoir pas eu à donner dans l'opulente maison de l'homonyme de la couturière.

III.

Barras, homme sans talens et sans
énergie, tout-à-fait au-dessous de la position où l'avait élevé la révolution du
13 vendémiaire, était un petit gentilhomme du Midi : il était marquis de Barras. Homme de plaisirs et de salons, il
eût été parfaitement placé à la cour dis-

solue du Régent. Lorsque lui-même eut
une cour, le Luxembourg, dont il avait
fait son habitation, offrit le spectacle
d'un luxe et d'une recherche qui n'a-
vaient rien de républicain, et qui con-
trastaient étrangement avec la rudesse
et la simplicité qui avaient régné en
France depuis deux ou trois ans. Le Directeur étalait des mœurs de satrape :
la soie, le velours, les dorures, suspects
naguères, furent prodigués dans ses
somptueux appartemens; les moëlleuses
étoffes de la régence furent rayées de la
liste de proscription et vinrent orner les
boudoirs de Barras; sa cour se composa
des plus jolies femmes de l'époque, et le
voluptueux sultan n'avait que l'embarras
du choix quand il lui prenait fantaisie
de jeter le mouchoir à quelqu'une de
ces belles, empressées à le relever. Les

dîners fins, les soupers prolongés reparurent à la grande satisfaction de tous ; la mollesse d'Athènes remplaçait l'austérité de Lacédémone, et rien ne ressemblait moins à l'intérieur d'un des premiers magistrats d'une république naissante que la demeure du directeur Barras.

C'est que le temps avait marché avec une rapidité incroyable ; c'est que cette République, jeune par les années, avait vieilli tout-à-coup entre les mains de quelques hommes dont les excès l'avaient compromise, et que, à peine sortie du berceau, elle portait déjà en elle le germe de sa décadence.

Barras usait donc du présent comme un homme à qui le passé n'avait jamais dû faire espérer rien de tel, et qui, ne pouvant prévoir ou conjurer ce que lui gardait l'avenir, ne songeait qu'à profiter de sa bonne fortune. On a quelque honte pour la France, en songeant qu'une grande nation avait renversé une monarchie de quatorze siècles, décapité une famille royale, et fait tomber les plus illustres têtes du pays, pour faire au marquis de Barras, c'est-à-dire à un homme d'une complète nullité, qui n'avait mis que bien faiblement la main à l'œuvre dans ces grandes et solennelles circonstances, une vie de satrape oriental ; que tant de sang avait coulé, tant d'existences avaient été brisées pour faire de cet homme un cinquième de roi, avec une cour plus dissolue et plus insensée que les plus insensées et les plus dissolues du temps passé ! Le *delirant reges* peut-il donc s'appliquer aux nations ?

Quoi qu'il en soit, la terreur avait

cessé ; la France n'était plus en coupe réglée, et le plaisir, cet élément de la vie française, avait repris tous ses droits et ses vives allures. Le directeur Barras, homme à belles manières, et beaucoup plus versé dans la science de bien vivre que dans celle de bien gouverner, faisait, dans sa cour directoriale de fraîche date, une parodie assez divertissante de la cour de Louis XV et du Régent. On aurait dit qu'il avait pris pour devise ce mot de la dépravation antique : *A demain les affaires sérieuses ;* et, à l'imitation du barbier, qui laissait en permanence sur sa boutique : DEMAIN, *on rasera ici gratis,* le bienheureux lendemain n'arrivait jamais.

Malgré les allures royales qu'affectait le voluptueux Barras, il eût été assez mal venu à exiger que l'on eût pour sa Ma-

jesté directoriale le même respect que
l'on porte d'ordinaire aux têtes couron-
nées. Une jolie femme de ce temps-là,
qu'il avait honorée de ses faveurs, et qui
commençait à s'en lasser au profit d'un
autre, lequel avait tout ce qu'il fallait
pour obtenir la préférence, le traita
comme un simple mortel.

Madame Z..... était depuis un mois ou
deux la maîtresse de Barras, qui était,
du reste, bien fait de sa personne ; mais

> Il n'est pas sur la terre
>
> D'éternelles amours.

En conséquence de cet aphorisme, madame Z..... ne put se défendre d'un
sentiment trop tendre pour M. de La
C....., qui en était digne à tous égards.
Barras était jaloux de madame Z.....

mais jaloux comme Othello ou son descendant Orosmane. Je ne sais si sa jalousie était une jalousie d'amant passionné ou de sultan impatient de toute rivalité en sous-ordre ; le fait est qu'ayant en main les moyens de surveiller madame Z....., il ne lui laissait pas une minute de liberté. Il en arriva, comme c'était dans l'ordre, que la pauvre femme, obsédée par les espions du Directeur et par le Directeur lui-même, finit par le prendre en grippe et jura de le mystifier tout en le trompant : satisfaire sa passion pour le préféré et se venger d'un jaloux, il y avait là, en cas de succès, de quoi la rendre bien heureuse.

Malgré la facilité que sa position lui donnait pour accumuler ses bonnes fortunes, Barras, qui avait une très haute opinion de son mérite personnel, était prodigieusement fat. Madame Z.. ..., qui le connaissait sur le bout de son doigt, fit son plan en conséquence, et arrangea une petite conspiration, bien innocente après tout (le voluptueux Directeur n'y courait d'autres risques que celui de passer quelques heures avec une très jolie femme), mais dont le résultat ne devait pas être aussi flatteur pour son amour-propre qu'il devait être porté à le croire dès l'abord.

Madame Z..... avait reçu des leçons de musique d'une femme italienne, qu'elle avait éloignée de chez elle dans les commencemens de sa liaison avec Barras, précisément à cause de la grande beauté de cette femme et de la facilité qu'elle lui soupçonnait à se laisser aller à une intrigue. Quand elle songea à se **dérober à la faveur du Directeur, et**

qu'elle conçut le double plan d'une trahison et d'une vengeance, elle se souvint
de mademoiselle Pavi, et la manda un
matin chez elle.

Quoique cette demoiselle Pavi eût
donné des leçons de musique à madame
Z....., elle n'était cependant pas artiste
de profession. Sa mère, qui avait été
chanteuse dans quelque théâtre secon-
daire d'Italie, et qui était fort belle,
avait été amenée en France par un grand
seigneur, à qui, tout Italienne qu'elle
était, elle avait été à peu près fidèle. Son
amant la tenait sur un bon pied, et elle
se contentait de sa condition, élevant
passablement sa fille, qui promettait
d'être très belle, et qui tint parole.

Lorsque la révolution éclata, la Pavi,
assez ignorée, grâces à la réserve qu'elle
s'était constamment imposée, ne fut pas

inquiétée, et ne paya ni de sa tête ni de la perte de la petite fortune qu'elle avait eu la sagesse d'amasser, ses relations avec son bienfaiteur, qui périt sur l'échafaud. Madame Pavi avait réalisé tout ce qu'elle possédait dès qu'elle avait vu les affaires s'embrouiller, et elle se vit à même de vivre tranquillement dans un quartier retiré avec sa fille Térésa, qui avait, à l'époque de la révolution, atteint sa dix-huitième année, et qui était véritablement d'une beauté rare.

Bon sang ne peut mentir. Madame Pavi, qui finissait sa carrière d'une ma-nière si tranquille et si uniforme, avait eu une jeunesse fort orageuse. Elle avait de bonne heure aimé le plaisir pour le plaisir; et quand elle avait vingt ans, elle eût mieux aimé faire l'amour avec un joli garçon gueux comme un lazza-

rone, qu'avec un duc et pair, un roi ou
un pape, vieux et goutteux. Que voulez-
vous? les cheveux ne peuvent pas pousser blancs, comme M. de F.....t le disait
à sa mère, à propos de sa barbe. Bref,
Teresa, à dix-huit ans, était la digne
fille de sa mère, qui, du reste, lui avait
mis plutôt entre les mains le solfège que
le catéchisme, qui lui parlait plus souvent de Cimarosa que du bon Dieu, et
pour qui le plus grand péché que pût
commettre la petite, était de faire une
fausse note. Madame Pavi fut donc un
beau matin plus surprise qu'irritée en
entrant avant le jour dans la chambre
de sa fille, à qui elle avait quelque chose
à dire, de la trouver endormie entre les
bras d'un beau garçon, que la mère reconnut pour le fils d'un imprimeur qui
demeurait dans la même maison qu'elle,

et qui, étant bon musicien, avait souvent fait de petits concerts avec elle et sa fille. Elle fit bien un peu de bruit pour la forme, puis, arrangeant pour la circonstance un mot célèbre de l'Évangile, elle se dit *in petto* ; je dois lui pardonner, parce que j'ai beaucoup péché.

La femme de l'imprimeur M..... était couturière : c'était elle qui habillait madame Z..... Un jour, que celle-ci était venue chez madame M..... pour une commande, elle fut passablement étonnée d'entendre les sons d'une musique délicieuse.

— Est-ce que vous avez l'Opéra dans votre maison ? dit-elle à madame M.....

— Ma foi, dit celle-ci, je crois que cela vaut bien l'Opéra. Écoutez.

Madame Z....., qui était connaisseuse,

fut de plus en plus surprise, et demanda qui faisait d'aussi bonne musique.

Madame M....., flattée de l'effet produit par le concert, où son fils faisait sa partie, mit madame Z..... au fait en peu de mots, et dans sa narration elle posa les deux Pavi d'une manière assez respectable.

Madame Z..... la pria de demander à madame Pavi si elle lui donnerait des leçons. Madame Pavi, qui était déjà fort souffrante de la maladie dont elle mourut peu de temps après, et qui n'avait pas besoin de tirer parti de ses talens, refusa quant à elle ; mais sa fille, qui n'était pas fâchée de se faufiler un peu dans une maison riche, offrit à madame Z..... d'aller faire quelquefois le matin un peu de musique avec elle, si cela pouvait lui être agréable. L'offre fut ac-

ceptée, et Teresa Pavi se mit à fréquen-
ter assez assidûment la maison de madame Z....., qui, du reste, ne la voyait
presque jamais que le matin.

Au bout de quelque temps, le pauvre
jeune homme s'aperçut que sa maîtresse
n'était plus la même que par le passé.
En effet, la fréquentation du monde avait
développé à un haut degré le penchant
que Teresa avait à la galanterie. Bientôt
elle se permit deux ou trois petites infi-
délités, *faites en robbe*, il est vrai, comme
dit Brantôme. Tout-à-coup madame Pavi
mourut; Teresa quitta l'appartement où
était morte sa mère, et tout fut rompu
avec le pauvre Paul, qui l'aimait de tout
son cœur. A cause de son deuil, elle
n'alla plus que le matin chez madame
Z......, qui l'avait prise en grande amitié
et qui s'était faite sa confidente. Madame

Z..... savait donc parfaitement à quoi s'en tenir sur les principes de mademoiselle Pavi. Aussi, quand elle-même devint la sultane favorite de l'Orosmane du Luxembourg, elle s'effraya d'une si redoutable concurrence, et, sous un prétexte plus ou moins adroit, la belle Teresa fut éloignée.

Mais lorsqu'elle voulut tendre un piége à la vanité de Barras, et que, par suite du plan qu'elle avait conçu, elle eut besoin d'une femme très belle, très coquette, peu scrupuleuse, elle songea sur-le-champ à mademoiselle Pavi, qui, il faut en convenir, se trouvait là comme si on l'eût fait faire exprès, et qui, ce qui allait à miracle pour le projet de madame Z....., était Italienne par dessus le marché.

Teresa Pavi, qui n'avait pas été la

dupe des raisons que lui avait données
madame Z....., lorsque celle-ci l'avait
éloignée de chez elle, ne pouvait s'empêcher de regretter une maison où elle
avait trouvé bon accueil, société agréable, une table délicatement servie, l'occasion de faire et d'entendre souvent de
bonne musique, et, enfin, deux ou trois
amans. Ce fut donc avec un véritable
plaisir qu'elle reçut un jour un petit
billet parfumé qui contenait ces mots :

« Si l'aimable Teresa n'a pas oublié
» une amie sincère, qui n'a jamais cessé
» de l'aimer de tout son cœur, elle
» viendra demain matin déjeûner avec
» moi. Nous serons seules, nous cause-
» rons de choses importantes, qui ne

» pourront qu'être agréables à ma chère
» Teresa.

» Adrienne Z..... »

Tout en comprenant à merveille que son *amie sincère* avait besoin d'elle, Teresa ne se dissimula point qu'elle aussi avait besoin de madame Z.....; en conséquence, elle ne songea pas à lui tenir rigueur.

Le lendemain, elle fut exacte au rendez-vous. Madame Z..... défendit sa porte pour tout le monde; et quand le déjeûner fut terminé, les deux amies s'enfermèrent dans un boudoir délicieux, et la maîtresse de la maison dit à l'Italienne en lui prenant la main :

— Ma petite, avez-vous un amant dans ce moment-ci?

— Non, dit résolûment Teresa, qui se trouva dire la vérité.

— Eh bien, poursuivit madame Z....., je veux vous en donner un qui en vaut bien un autre; c'est un fort bel homme, un personnage très haut placé, généreux comme un roi. Cela vous convient-il?

— Si je puis vous rendre service, dit Teresa ingénûment, je suis toute disposée à vous être agréable.

Madame Z..... vit que Teresa l'avait devinée. Elle sourit et continua :

— Le connaissez-vous?

— Je l'ai vu dans la rue, au spectacle.

— Comment le trouvez-vous?

— Mais, très bien !

— Et lui, vous connaît-il?

— Pas le moins du monde, j'en suis certaine, s'écria Teresa, à qui son orgueil de jolie femme et de coquette ne pouvait permettre de croire que Barras l'eût vue sans la désirer, et qui sentait qu'il n'avait pu la désirer sans essayer de la posséder.

— Tout va bien, alors, dit madame Z..... Maintenant, continua-t-elle après un moment de silence, voulez-vous vous fier à moi et me laisser conduire la chose ?

Teresa répondit affirmativement.

— Je ne puis vous en dire davantage présentement, poursuivit Adrienne ; laissez-moi donc faire ; vous serez au courant du rôle que vous avez à jouer quand il en sera temps. Dans tous les cas, comptez que ma reconnaissance vous est acquise, et que rien ne me coûtera pour vous prouver combien je suis sensible à la peine que vous voulez bien prendre pour moi.

Mademoiselle Pavi ne comprenait pas bien de quelle peine madame Z..... parlait de lui tenir compte. Il ne lui paraissait pas bien difficile, et surtout bien pénible, de devenir la maîtresse de Barras, qui était, après tout, un homme fort agréable. Néanmoins il y avait, dès le commencement de cette aventure, un parfum d'intrigue qui ne déplaisait pas à l'aventureuse Italienne, et, en personne docile, elle promit à madame Z..... de n'agir que d'après ses instructions, et de se laisser conduire aveuglément par ses conseils.

Pendant un quart-d'heure, on parla d'autre chose. Tout-à-coup le valet de chambre de madame Z....se présenta, et lui dit tout bas quelques mots. Madame Z..... lui donna un ordre également à voix basse; puis, quand il fut sorti :

— Mon enfant, dit-elle à Teresa, voilà la pièce qui commence ; entrez dans ce cabinet. Ne perdez pas un mot de tout ce que vous entendrez, et quand vous sortirez de là, je n'aurai plus rien à vous dire sur la conduite que vous aurez à tenir.

Mademoiselle Pavi obéit, et elle était à peine dans le cabinet, que Barras entra dans le boudoir.

Il avait l'air passablement mécontent.

— J'ai attendu à votre porte, madame, dit-il de l'air que dut prendre Louis XIV pour dire le fameux : *J'ai failli attendre !*

— J'avais défendu ma porte, dit madame Z....., affectant d'être troublée ; j'étais souffrante !

— Vous n'étiez pas seule, madame, poursuivit le Directeur furieux ; vous me rompez. Je le sais.

— Puisque vous avez des espions qui vous rendent compte de ce que je fais, dit madame Z....., demandez-leur s'il est entré âme qui vive chez moi de la journée, qu'une femme et vous.

— Une femme, madame ! mon Dieu, c'est un moyen de comédie !

— Croyez bien, monsieur, s'écria madame Z....., que la personne qui a passé la matinée avec moi,....

— La matinée avec vous ! interrompit Barras au comble de la fureur.

— Je vous jure que c'est une femme ! s'écria madame Z.....

Pendant ce dialogue, madame Z..... affectait de porter à chaque instant un regard inquiet sur la porte du cabinet où était enfermée mademoiselle Pavi. Ce mouvement n'échappa point au jaloux Directeur, qui, reproduisant au naturel la situation du comte Almaviva dans *le Mariage de Figaro*, voulut absolument voir s'il n'y avait pas quelqu'un dans ce cabinet. Au moment où il allait mettre la main sur le bouton de la porte, Adrienne se jeta au devant de lui, et lui dit d'une voix émue :

— Arrêtez, monsieur, il y a quelqu'un dans ce cabinet.

— Et c'est pour cela que je veux y entrer ! s'écria Barras.

Il y avait une telle analogie entre cette situation et celle de la comédie de Beaumarchais, que madame Z..... ne put s'empêcher d'en être frappée.

— Attendez un instant, monsieur, dit-elle au Directeur ; vous avez l'air du comte Almaviva, et comme je ne suis pas Rosine, vous ne pouvez craindre que je veuille laisser le temps à un Chérubin

quelconque de se métamorphoser en
Suzanne, puisque le cabinet que voilà
n'a pas d'issue, pas même une fenêtre.
Veuillez donc vous calmer, prendre un
siége, et m'écouter.

Barras jeta à deux reprises un coup
d'œil d'incrédulité sur le cabinet; puis,
voyant qu'une plus longue insistance le
rendrait ridicule, il prit le parti de s'asseoir et d'entendre ce qu'avait à lui dire
madame Z.....

— Oui, monsieur, poursuivit-elle, oui,
il y a quelqu'un dans ce cabinet; et
cette personne a passé, seule, avec moi,
toute la matinée. Je vous ai déjà dit et
je vous répète que c'est une femme.
Quand vous saurez qui elle est, monsieur, vous comprendrez pourquoi sa
présence chez moi a été entourée de tant
de mystère; et, comme vous avez le

le cœur noble et haut placé, j'ose espérer que loin de me blâmer, vous approuverez ma conduite dans cette occasion.

Barras fut passablement étonné de ce début solennel. Qui était donc cette femme qui se cachait avec tant de précautions ? L'assurance n'était pas ce qui caractérisait le plus le Directeur. Aussi, malgré l'hommage rendu à sa générosité, il n'accueillit que médiocrement bien la confidence de madame Z.....

— Mon Dieu, madame, lui dit-il, vous ne prendriez pas plus de précautions oratoires, si vous aviez à m'annoncer que la personne à qui vous donnez asile est la duchesse d'Angoulême en personne.

— Ma foi, dit en riant madame Z....., emportée par sa gaîté naturelle que le comique de la situation excitait au plus haut point, vous n'avez pas deviné, mais vous brûlez terriblement.

— Madame, dit Barras en pâlissant, si c'est une plaisanterie, je vous déclare que je la trouve fort mauvaise.

— Il n'y a rien de pis, poursuivit madame Z..... en reprenant un air plus sérieux, que de se fâcher sans savoir pourquoi l'on se fâche. Ayez la bonté de m'écouter, et vous verrez que, si la personne qui est chez moi a quelques raisons de craindre de se montrer, vous ne pouvez en rien être compromis, quand bien même vous l'auriez vue. Mais avant que je vous en dise davantage, je veux que vous me promettiez, sur l'assurance que je vous renouvelle que cette personne n'est en rien compromettante pour vous, il faut que vous me promettiez pour elle vos bons offices et votre protection. Elle en est digne à tous égards, par ses malheurs et sa beauté ; et s'il y a quelques personnes en ce monde qui sont en droit de lui reprocher quelque chose, ce n'est pas nous qui devons lui faire un crime d'avoir eu le cœur trop tendre.

Elle tendit perfidement la main à Barras, qui ne savait pas résister à une caresse et à un sourire, et qui lui promit tout ce qu'elle voulut pour sa protégée, dont il lui demanda l'histoire avec une curiosité qui charma madame Z.....

— Je ne voulais vous révéler ce secret que dans quelques jours, lui dit-elle, lorsque j'aurais sondé vos dispositions à l'égard de cette personne ; mais puisque vos injustes soupçons me forcent à avancer le moment de cette confidence, écoutez-moi donc, et soyez bon comme vous savez l'être, quand vous voulez. Vous avez tout-à-l'heure prononcé un mot auquel j'ai répondu par une plaisanterie, qui, elle-même, n'en est pas une. La personne qui est dans ce cabinet est une très grande dame, une princesse! Rassurez-vous, elle n'est pas de la famille royale; du moins, elle n'en est pas directement.

Barras fit un mouvement; madame Z .... n'eut pas l'air de s'en apercevoir, et commença son récit, ou plutôt son improvisation.

IV.

— En 1774, lord B..... enleva la fille de
lord S....., chef d'une des plus illustres
familles de l'Ecosse. Il l'avait en vain
demandée en mariage. Lord S..... avait
été inflexible, quoique la naissance et la

fortune de lord B..... fussent au moins
égales à celles des S.....; mais il était à la
connaissance de lord S..... que lord B.....
avait toujours mené une conduite plus
irrégulière que celle que peut faire pardonner la jeunesse. Il s'agissait même
d'actions que ne peut avouer un gentilhomme. Il refusa donc son consentement d'une manière absolue. Mais lord
B..... avait agi envers la jeune lady
Maria S..... comme Lovelace en agit à
l'égard de Clarice Harlowe. Beau, jeune
encore, plein d'esprit et de finesse, il
était parvenu à se faire aimer de cette
charmante fille, que, du reste, il aimait
véritablement lui-même : il l'enleva, et
ils se retirèrent en Italie. Des raisons
quelconques que je ne me rappelle pas,
une parenté éloignée, je crois, avec
quelqu'un du pays, engagèrent lord B.....

à se fixer à Modène. Il n'y était pas depuis un an lorsque, dans une excursion qu'il fit dans l'Apennin, il fût assassiné par des bandits de la montagne.

Lady Maria S..... essaya de rentrer en grâce auprès de son père. Lord S..... ne voulut pas lui pardonner. Il refusa de la revoir, et comme, malgré son amour réel pour lady S..... lord B..... ne l'avait pas épousée, elle paya cher son imprudence. L'immense fortune de lord B..... passa toute entière à son frère, et la pauvre jeune femmë se trouva tout-à-coup à dix-huit ans en pays étranger, sans appui, sans ressources, repoussée par sa famille, chargée de la déconsidération qui s'attache à une faute, et n'ayant pour toute fortune que ce qu'elle possédait actuellement, c'est-à-dire un peu d'argent, bien peu; d'assez belles

choses qui avaient coûté fort cher et
dont la réalisation ne produisit qu'une
faible somme. Elle sut se mettre au ni-
veau de la situation que lui avait faite
sa mauvaise étoile : elle vendit tout ce
qui était objet de luxe, quitta le palais
où elle logeait avec lord B..... et se retira dans une modeste habitation située
au dehors de la ville, ne gardant, pour
tout domestique, qu'une jeune fille qui
la servait.

C'est là qu'elle vivait dans la retraite
la plus profonde. Elle donna des larmes
sincères à l'infortuné qui avait péri si
misérablement, et de la mort duquel elle
s'accusait d'être la cause, puisque c'était
pour la posséder qu'il était venu chercher cette mort en Italie; mais il faut
dire que la douleur de lady M..... était
plutôt le résultat d'un profond sentiment

de devoir envers lord B....., que l'expression d'un amour que sa conduite
avait fini par affaiblir, sinon par étein-
dre entièrement. Les mauvaises qualités
qui avaient motivé le refus de lord S....,
n'avaient pas tardé à se révéler à la
pauvre Maria. Elle en avait gémi plus
d'une fois, et plus d'une fois elle avait
versé des larmes bien amères, mais trop
tardives, sur sa propre faiblesse. Bref,
lorsque lord B.... fut assassiné, il y avait
déjà longtemps que lady M..... était
malheureuse.

La mort de lord B..... l'affligea profondément; mais on conçoit que le temps
réussît à diminuer cette affliction, surtout si l'on songe qu'elle pouvait à bon
droit pleurer sur elle-même qui, destinée à une position brillante, se voyait
réduite tout à coup à vivre loin de son

pays, de sa famille, dans les privations et la solitude.

Le duc de Modène avait un frère qui était âgé de vingt-cinq ans à peine : il avait souvent rencontré lord et lady B..... (car elle portait le nom de son séducteur). Le jeune prince était devenu éperdument amoureux de lady Maria; mais il était plein d'honneur et de sentimens cheva-leresques; il eût rougi à la pensée de chercher à séduire cette jeune femme qui avait tout abandonné pour suivre l'homme qu'elle aimait et dont elle était tendrement aimée : rien du moins ne permettait d'en douter.

Lorsque l'on apprit la mort de lord B....., le jeune prince sentit redoubler un amour qui, pour avoir été concentré, n'en était devenu que plus violent. Il apprit avec douleur que lady Maria avait vendu tout ce qu'elle possédait et qu'elle ne logeait plus dans la ville. Il ne fut pas long-temps sans découvrir le lieu de sa retraite : quand il crut que la première douleur devait être passée, il lui fit demander la permission de se présenter chez elle. Lady Maria répondit qu'elle était sensible à l'honneur que lui faisait son altesse, mais qu'elle désirait vivre dans une solitude complète. Le prince n'insista pas. Mais à quelque temps de là, il écrivit à lady Maria, à qui il déclara la passion qu'elle lui avait inspirée, et il terminait en lui disant que s'il sollicitait la faveur d'être admis auprès d'elle, c'était parce que ses intentions n'avaient rien que d'honorable, et qu'il aspirait au bonheur de devenir son mari.

Le prince était bien fait de sa personne; on parlait avec enthousiasme de ses belles

qualités. Le rang qu'il occupait semblait
le destiner à ne prendre pour femme
qu'une personne de maison princière.
Une pareille démarche ne pouvait donc
que flatter au dernier point le cœur et
l'amour-propre de lady Maria. Peut-être
même avant la mort de lord B..... avait-
elle remarqué, avec cet instinct que les
femmes possèdent à un si haut degré,
l'amour que la délicatesse chevaleresque
du prince lui avait fait un devoir de
dissimuler. Mais elle ne voulut pas demeurer en reste de grandeur d'âme avec
lui. Elle lui répondit qu'elle le remer-
ciait du fond de son cœur de l'honneur
qu'il voulait bien lui faire ; mais, qu'a-
vant toutes choses, elle lui devait un
aveu, quoi qu'il pût en coûter à son orgueil de faire une pareille démarche.
Elle lui apprenait ensuite qu'elle n'était

pas, comme il le croyait, la femme de lord B.....; que celui-ci l'ayant enlevée de chez son père, elle avait eu la faiblesse de le suivre sans qu'il fût son mari devant Dieu; que lui, n'ayant jamais reparlé de régulariser leur position, elle n'avait pas eu le courage de soulever cette question, et qu'il était mort sans qu'elle eût jamais été unie à lui par le lien du mariage. La pauvre femme pleura beaucoup en écrivant cette lettre, car elle sentait qu'il en coûtait à son cœur d'accomplir un devoir qui, vraisemblablement, renverserait ce qui déjà était sa plus chère espérance.

Le prince aimait si profondément lady Maria, qu'il comprit à peine le scrupule de cette belle âme. Il arriva chez elle, insista pour être admis, et lui jura que le passé n'existait pas pour lui; que l'avenir seul, si elle voulait le partager avec lui, pouvait encore lui réserver quelque bonheur ; enfin, il tomba à ses pieds et la supplia de lui dire qu'elle consentait à l'épouser.

Lady Maria avait fait son devoir ; elle ne pouvait en faire davantage. Si elle n'aimait pas encore le prince, ce qu'elle éprouvait était bien près d'être de l'amour : on lui proposait le bonheur, la fortune, un rang ; elle accepta avec joie, et même avec une reconnaissance qu'elle ne chercha pas à dissimuler.

Le prince courut au palais ; il lui fallait l'autorisation de son frère. Le duc la refusa tout net : il savait, lui, ce que le jeune prince n'avait appris que par la lettre de lady Maria ; c'est-à-dire que lord B.ᵢ.... et elle n'était pas mariés. En outre, il opposa à son frère une autre considération que celui-ci jugea tout de suite avec effroi devoir être un obstacle invincible. Lady Maria, dit le duc, est protestante, et jamais prince de mon sang n'épousera une hérétique.

Le jeune prince fut foudroyé : mais à l'instant même son parti fut pris. Il retourna sur-le-champ à la demeure de lady Maria et lui apprit la réponse du duc. Maria ne put retenir ses larmes ; le prince, à qui elles révélèrent qu'il était aimé, se jeta à ses genoux et la supplia de consentir qu'un mariage secret les unît; d'abord elle refusa, mais vaincue par les prières de son royal amant, elle consentit, et le lendemain un mariage morganitique, célébré par un chapelain du prince et un ministre protestant attaché au consulat d'Angleterre, fit de lady

Maria S..... la femme légitime du prince Francesco.

Mais le bonheur n'était pas fait pour cette pauvre femme. Environ un an après son mariage, elle mit au monde une fille dont la naissance coûta la vie à sa mère; la princesse Maria mourut le jour de son accouchement.

Le prince don Francesco fut inconsolable; lui-même mourut deux ans après la naissance de sa fille à qui il assura une brillante existence.

Teresa (c'était le nom de la jeune fille) fut élevé sous le nom de princesse de San-Mateo. Son origine n'était pas un mystère; le duc, qui savait à quoi s'en tenir, n'avait pas l'air de soupçonner son existence; mais il s'y intéressait vivement, tout en s'efforçant de ne vouloir pas le paraître.

Quand la jeune princesse fut grande,
il se présenta pour elle de nombreux par-
tis. Le prince de M......, que don Francesco avait chargé de la tutelle de Teresa, aurait bien voulu se débarrasser
d'une si grande responsabilité en la mariant. Mais elle s'y refusait constamment,
et le vieux prince y perdait, non son la-
tin qu'il ne savait pas, mais son italien
qu'il ne savait guère mieux. Teresa était
celle comme un ange; elle chantait
comme les premières cantatrices de l'I-
talie eussent voulu chanter; elle était
pleine d'esprit, d'une gaîté folle, et —
ajouta un peu plus bas madame Z..... —
comme bon sang ne peut mentir, assez
portée à faire comme avait fait sa mère.

Les choses en étaient là quand arriva
un émigré à la cour de Modène, le jeune
comte de P...... Voilà le comte à la mode;

toutes les femmes en raffolent; voilà Teresa qui en perd la tête, et qui déclare
qu'elle n'aura jamais d'autre mari que
lui. Le comte se laissa faire; le duc qui,
avec ses semblans d'indifférence à l'endroit de la petite princesse, s'en occupait sans cesse, ordonna à M. de P..... de
sortir de ses états. Teresa qui connaissait
de reste l'histoire de sa mère et de son
père, jugea dans sa moitié de cerveau
brûlé d'Italienne, et dans son autre moitié de cerveau romanesque d'Anglaise,
qu'elle pouvait bien épouser de la main
gauche un gentilhomme français, puisque son père, qui était un véritable prince
du sang, avait épousé de la même main
une noble Anglaise; elle le fit comme elle
l'avait pensé. Mais comme le duc ne plai-
santait pas, le comte de P...... fut obligé
d'obéir à l'ordre qu'il avait reçu. Teresa

consentit à rester à Modène pendant
quelque temps ; mais au bout d'un mois
ou deux, elle s'aperçut qu'elle était grosse. La colère du duc l'épouvanta ; elle
rassembla tout ce qu'elle put d'argent
comptant et de bijoux, et se mit à la recherche du comte de P....., qui portait
où il pouvait son exil et son ennui.

Par une étrange fatalité, M. de P....
venait toujours de partir du lieu où Teresa espérait le rejoindre, lorsque cette
pauvre femme y arrivait. Enfin son état
ne lui permit pas de continuer cette vie
errante ; elle s'arrêta à Aix-la-Chapelle
pour faire ses couches. Elles ne furent
pas heureuses ; elle mit au monde un enfant mort ; elle était à peine relevée,
lorsqu'elle apprit l'affreuse nouvelle de
la mort du comte de P...., guillotiné à
Paris, où il était revenu courageusement

sur la fausse indication qui lui avait été donnée que sa femme s'y trouvait depuis quelques jours.

La première pensée de la pauvre Teresa fut de venir à Paris. Elle se fût difficilement rendu compte du motif qui lui faisait prendre une résolution aussi insensée. Toujours est-il qu'elle y vint. Elle descendit chez ma mère, qui est, comme vous le savez, proche parente des P....., et, dont le comte Charles lui avait souvent fait l'éloge. Ma mère la blâma de son imprudence, l'engagea à continuer à porter le faux nom sous lequel elle avait voyagé, qui était celui de comtesse Zucchi, et lui conseilla de vivre dans la plus grande retraite. A la mort de ma mère, elle ne demeura pas avec moi, mais je n'ai jamais cessé de la voir; cependant, conti-

nua madame Z.... en baissant les yeux,
je l'ai vue moins souvent depuis... depuis... que... je vous connais... elle a
une peur effroyable de vous; il ne faut
pas que cela vous fâche : elle ne sait pas
quelle distance il y a entre vous et ceux
que vous avez remplacés : le mot de république la fait trembler, et elle ne fait
pas de différence entre le président du
directoire Barras, et Robespierre. Vous
auriez tort de lui en vouloir de son
ignorance; et vous êtes si bon, que vous
ne vous refuserez pas à la protéger. Elle
craint que sa double qualité de nièce du
duc de Modène, qui est l'ennemi de la
France, et de veuve d'un émigré mis à
mort par la convention, n'attire la proscription sur elle; et comme lord S......,
le père de sa mère, vient de mourir, il y a
un an, à l'âge de soixante-dix ans, elle es-

père trouver un refuge près des membres de sa famille, car elle n'a rien à espérer du Duc. Elle voudrait avoir un passeport pour l'Amérique, d'où elle repassera en Angleterre, et elle était venue me prier ce matin de faire auprès de vous les démarches nécessaires, quand vous êtes arrivé sans être attendu. Lorsqu'elle a su que c'était vous, elle m'a supplié de la dérober à votre vue. Vous voyez bien, monsieur, que vous avez eu tort de faire le jaloux, et que c'est une femme qui est là-dedans.

Ce n'était pas sans motif que madame Z...... avait raconté avec tant de détails cet interminable roman, fruit de son imagination : outre que, prise au dépourvu, elle avait été obligée d'improviser et n'avait pas eu le temps de le faire plus court, il était indispensable que

mademoiselle Pavi (qui, ainsi qu'elle le
lui avait recommandé, ne perdait pas
un mot de la narration) connût dans les
moindres particularités l'histoire dont il
plaisait à madame Z...... de l'affubler.
Heureusement celle-ci avait semé en bon
terrain, et, quand elle eût achevé,
Teresa Pavi était imperturbablement pe-
tite-fille de lord S......., fille du frère du
duc de Modène, veuve du comte de
P......, comtesse Zucchi, et aussi disposée à s'embarquer pour l'Amérique que
si toute cette invention eût été la plus
respectable réalité.

Barras avala le roman comme paroles
d'Evangile, et, ne voulant pas être en
reste de générosité, pour répondre à la
confiance que l'on lui témoignait, il dit,
en donnant la plus gracieuse inflexion

qu'il lui fut possible à sa voix, et de son
plus beau ton de cour :

— Malgré tout le plaisir que j'ai à faire
quelque chose pour l'amour de vous,
belle dame, je suis désespéré que madame la comtesse Zucchi ait trop peur
de moi pour me dire elle-même ce qu'elle
désire : je vous jure, sur l'honneur, que
je serai trop heureux de me mettre à ses
ordres.

— Je n'attendais pas moins de votre
galanterie, dit madame Z......, et si vous
permettez que je vous laisse seul un instant, je vais essayer de vous amener ma
jolie solliciteuse.

Barras fit un signe d'assentiment qui
sentait son OEil-de-Bœuf d'une lieue, et
madame Z...... se dirigea vers le cabinet.

Au moment d'y entrer, elle s'arrêta

soudain, et, revenant sur ses pas, elle se mit à considérer le directeur.

— Vous avez connu le comte Charles de P......, n'est-il pas vrai? lui dit-elle en le regardant attentivement. — La perfide savait le contraire.

— Non, dit Barras, mais j'en ai beaucoup entendu parler. Pourquoi cela?

— Ne vous a-t-on jamais dit à quel point vous lui ressemblez? dit madame Z......

— Jamais, dit Barras. Est-ce qu'en effet je lui ressemble?

— C'est prodigieux, dit madame Z....; il faudra que la prévienne : il y aurait de quoi la tuer. Voilà la première fois que je le remarque : c'est frappant.

Il est bon de dire que Barras, qui, du reste, était un fort bel homme, ne ressemblait pas plus à monsieur de P.....

que la colonne de la place Vendôme au pâté des Italiens.

Barras, tout jaloux qu'il était, ne se piquait pas d'une fidélité scrupuleuse à l'égard de madame de Z... L'éloge que celle-ci avait fait de Teresa n'avait pas passé inaperçu, et sa vanité se trouvait agréablement chatouillée à la pensée de conquérir le cœur d'une princesse, bien qu'elle ne fût que de la main gauche. Il ne fut donc pas fâché de sa prétendue ressemblance avec le prétendu mari de la prétendue princesse de Modène. Il espéra que, lorsque le premier effet d'attendrissement et de regret serait passé, il trouverait dans cette ressemblance un puissant auxiliaire pour la réussite de son projet de conquête. Il dépendait de lui de donner le passeport à l'instant même, ou de le

faire attendre aussi longtemps que bon
lui semblerait : il se réservait même le
droit de faire payer cet acte de complaisance, s'il ne trouvait pas d'autre moyen
d'arriver à son but, et si la princesse en
valait la peine. Il se tint donc pour sûr
de son fait, et il était dans les dispositions
les plus favorables, lorsque madame Z...
rentra avec l'intéressante veuve du
comte de P...

L'attitude de Teresa Pavi, en entrant
dans le boudoir, conduite par la maîtresse de la maison, était un mélange de
la modestie qui convenait à l'humble
état où elle se trouvait réduite, et de la
dignité que devait conserver, même
dans le malheur, une personne d'une
haute naissance.

— Ma chère comtesse, dit madame Z...,
je vous présente monsieur le président

du Directoire exécutif, qui serait heureux d'avoir l'honneur de vous baiser la main.

Teresa fit une belle révérence à Barras et lui tendit sa main à baiser avec un sang-froid et une noblesse qui eussent fait honneur à une véritable princesse du sang.

— Madame, dit Barras, veuillez oublier que l'homme qui est devant vous est le premier magistrat d'une république que vous ne sauriez aimer, et permettez-lui de vous assurer que vous n'avez pas de plus dévoué serviteur que lui. Vous êtes faite pour régner; il se proclame le premier de vos sujets.

Il est aisé de voir, au ton que prenait Barras, qu'il avait, du premier coup-d'œil, jugé Teresa digne de son hommage : il avait en effet été ébloui.

Teresa, pour réponse à cette galante harangue, leva les yeux sur celui qui la lui avait adressée. A peine l'eut-elle envisagé qu'elle poussa un cri perçant, porta ses deux mains sur ses yeux, et s'assit ou plutôt se laissa tomber sur le sofa qui se trouvait près d'elle.

— C'est cette fatale ressemblance, s'écria madame Z... en s'empressant près de Teresa ; pour Dieu, monsieur, retirez-vous un instant.

Barras, assez mal à l'aise, murmura quelques mots plus ou moins maladroits pour exprimer comme quoi il était désolé d'être la cause involontaire de la douleur de la comtesse ; qu'il se retirait ; que, pourtant, il espérait par la suite, être assez heureux...

— Non, dit Teresa d'une voix languissante, mais où l'on démêlait l'habitude

de ne pas être contredite, non : restez :
quelque pénible que me soit ce cher et
cruel souvenir, il me semble que j'aime
à vous voir.

Il y avait dans cette voix si mélodieuse,
si doucement accentuée d'italien, quelque chose de si saisissant, de si impérieu-
sement séduisant, que Barras s'arrêta ; il
était sous le charme.

— Si j'étais aussi jalouse que vous,
dit gaîment madame Z... au directeur,
j'espère que j'aurais beau jeu : mais je
suis comme la Pauline de Corneille :

Je ferais à tous trois un trop sensible outrage.

J'ai quelques ordres à donner ; permettez que je laisse ma chère comtesse vous
dire elle-même ce quelle attend de
vous.

Si cette petite comédie n'avait pas été
très bien jouée par les deux actrices qui
s'en étaient chargées, et si elles n'avaient
pas eu pour auxiliaire le caractère
même de celui qu'elle était destinée à
tromper, le piège aurait été grossier.
Mais Barras était à mille lieues de soupçonner la ruse ; et, pour tout dire, Teresa était bien assez belle pour qu'en sa
présence, on ne songeât guère à autre
chose qu'au plaisir de la voir, et à celui
que pourrait donner la moindre faveur
de sa part.

Ce n'était pas, du reste, dans le boudoir
de madame Z...., entre Teresa et le Président du directoire, que se jouait la partie
la plus comique : la scène était double.
Pendant que Barras et la fausse princesse
de Modène causaient ensemble avec une
égale habileté, l'un dans l'attaque,

l'autre dans une défense sagement res-
treinte, madame Z..... occupait l'autre
partie de la scène. Elle avait su que les
agens de Barras avaient des heures pendant lesquelles ils s'abstenaient de l'espionner. C'était, par exemple, quand
elle était chez lui, ou qu'il était chez
elle. Bien convaincue d'avance que les
choses se passeraient comme elles s'é-
taient passées la première fois que le
Directeur se trouverait avec mademoiselle Pavi, elle avait fait dire à M. de la
C....., l'homme dont elle était si éper-
dûment amoureuse, de faire en sorte
d'être tout près de chez elle chaque fois
que Barras y viendrait dans le jour. Celui-ci avait obéi. Dès que madame Z.....
avait vu l'effet produit par Térésa, elle
avait envoyé chercher monsieur de la
C..... par un laquais de confiance; et,

avec cette audace que les femmes ont
quelquefois, elle avait résolu de passer
avec lui le temps que Barras passerait
avec mademoiselle Pavi. Ce téméraire
dessein avait été exécuté; et pour la
première fois depuis qu'elle aimait
M. de la C....., elle put passer une demi-
heure seule avec lui.

Quand elle rentra dans le boudoir,
elle n'eut pas l'air de remarquer avec
quel feu Barras parlait à Teresa.

— Eh bien! dit-elle du ton le plus naturel du monde, monsieur de Barras
vous fait-il toujours peur, ma chère
comtesse?

— Oh! mon Dieu, dit celle-ci, ce serait l'homme le plus charmant du monde, s'il voulait me donner un passeport.

— Comment! dit madame Z...., jouant
assez bien le dépit, vous promettez de faire

III.   9

tout ce que l'on voudra, et puis vous ne voulez plus rien faire à présent?

— Pardonnez-moi, dit Barras, je suis aux ordres de madame la comtesse : j'espère qu'elle n'en doute pas. Mais je le lui ai dit : mes collègues sont jaloux de moi; ils m'observent, me surveillent; d'ici à huit jours, j'arrangerai tout cela; mais sur-le-champ, la chose est impossible : elle ne serait même pas sans danger pour madame la comtesse.

— A la bonne heure! dit madame Z....., qui, au bout du compte, eût été assez embarrassée si le Directeur les avait prises au mot et leur eût jeté le passeport à la tête; mais, comme ce Paris me fait une peur affreuse pour ma chère comtesse, j'irai avec elle passer ce temps-là à ma petite maison de campagne de la vallée d'Aulnay.

— A condition que vous me permettrez d'aller vous rendre mes devoirs, dit le Directeur, qui redevenait plus que jamais le galant marquis de Barras.

— Oui, dit gaîment Teresa, à condition aussi que dans huit jours j'aurai mon!passeport.

— Accordé! dit Barras; c'est un traité conclu.

Et l'on se sépara avec mille protestations de bon vouloir et de dévoûment, que le diable s'amusait, à mesure, à traduire par autant de bons engagemens de perfidie et de trahison.

Teresa, en voulant faire son profit du Directeur, voulait trahir madame Z....., qui ne lui avait demandé qu'une diversion.

Barras voulait trahir madame Z...., en s'appliquant la princesse de Modène.

Enfin, madame Z....., qui trahissait Barras, se proposait aussi de trahir Teresa par le dénoûment de la comédie qu'elle n'avait pas jugé à propos de lui communiquer.

Le lendemain, madame Z..... partit pour la campagne avec Teresa : il fut convenu entre elles que l'on ne tiendrait la dragée haute à Barras qu'autant qu'il le faudrait pour que le décorum fût conservé. Comme on le pense bien, il ne tarda pas à venir faire sa cour. Madame Z..... laissa à son illustre amant une liberté dont il usa très largement, et qu'il mit sur le compte du respect que devaient naturellement inspirer le rang et le malheur de la noble exilée. De son côté, elle avait avec monsieur de la C....., caché dans les environs, sous un déguisement, de fréquentes entrevues.

Enfin, quand elle jugea que la chose était arrivée à maturité, elle se décida à mettre fin à cette comédie.

On ne peut se figurer à quel point la vanité du Président du directoire était flattée des bontés que lui témoignait l'Altesse de contrebande qu'on lui avait jetée à la tête. On eût dit que l'héritière des Empereurs ou des Czars était venue le prendre par la main pour le faire asseoir avec elle sur le trône de ses aïeux : c'était bien, au reste, sur quoi madame Z..... avait compté. Quoique elle n'eut à se plaindre de Barras que par rapport à l'espionnage auquel il l'avait soumise, elle avait résolu de se venger de lui en le rendant ridicule aux yeux de quelques personnes de leur société. Peut-être aussi voyait-elle que c'était le seul moyen de rompre positivement avec lui; ce à quoi elle était résolue, sa passion pour M. de la C..... étant devenue tellement forte qu'elle ne pouvait se séparer de lui. Voici donc comment se dénoua l'aventure.

Un soir, que Barras devait passer la nuit à la campagne, madame Z..... se plaignit d'une violente migraine, et se retira de bonne heure dans son appartement, où elle s'enferma. Jamais Barras n'avait eu une si belle occasion de faire payer le passeport qui, disait-il, n'était pas si facile à octroyer qu'on le pensait. Il fut pressant, et, comme on peut l'imaginer, la princesse ne se montra pas plus cruelle qu'il ne le fallait. L'appartement qu'elle occupait n'avait d'autre issue que la porte d'entrée; pas un cabinet, pas un escalier dérobé où un amant surpris pût se cacher. Vers deux heures du matin, Barras, qui était venu la trouver, sans doute dans le but de prendre son signalement pour le fameux passeport, crut entendre ouvrir la porte de la pièce qui conduisait à la chambre à coucher. Mademoiselle Pavi, à qui il le dit et qui l'avait entendu comme lui, lui jura qu'il se trompait. Il n'y a rien de plus rassurant que le serment d'une jolie femme, qui l'appuie d'un ou deux baisers. Le Directeur, persuadé qu'il avait mal entendu, continua donc de prendre le signalement de la princesse. Tout-à-coup la porte s'ouvre avec fracas, et madame Z....., en peignoir, un bougeoir à la main, l'œil enflammé de colère, paraît au milieu de la chambre comme une héroïne de tragédie.

— Je ne m'étais donc point trompée, dit-elle d'un ton dramatique, voilà comment vous usez de mon hospitalité, madame la comtesse! Et vous, monsieur, était-ce pour en venir là que vous me tourmentiez de vos soupçons! c'est une horrible trahison!

Une femme ainsi prise au trébuchet, quand même elle ne saurait pas à quoi s'en tenir, comme mademoiselle Pavi, une femme, dis-je, dans cette position, n'a jamais à craindre le ridicule. Mais il n'en est pas de même pour un homme : une pareille situation, pour nous, n'a que deux aspects possibles : elle est périlleuse ou ridicule : dans le premier cas, lorsqu'on a affaire à un mari, un père, un frère, ou un amant, le beau rôle est toujours pour le survenant, et celui qui est pris au piége n'a guères de ressources pour échapper au danger ; pourtant, à tout prendre, avec du courage et de la présence d'esprit, on peut, à toute force, s'en tirer. Mais, dans le second cas, rien ne peut nous sauver : le ridicule est une arme contre laquelle il n'y a pas de parade.

C'était ce qui arrivait à Barras. Madame Z..., qui s'en aperçut, et qui, d'ailleurs, n'était pas au bout de ses perfidies, jugea à propos de se retirer.

— Ma présence ici ne saurait se prolonger, dit-elle d'un air majestueux; dans un quart-d'heure j'aurai quitté cette maison.

Un remords faillit précipiter Barras en bas de ce lit fatal où il était comme au pilori. Un regard de l'enchanteresse qui partageait son humiliation le retint. Madame Z... sortit de la chambre, et, un quart-d'heure après, on entendait en effet une voiture rouler sur le pavé de la cour, et franchir la grille du petit château.

Malheureusement pour mademoiselle Pavi, elle n'eut pas le courage d'avouer immédiatement à Barras, entre deux caresses, tout ce qui s'était passé entre elle et madame Z.... Elle crut qu'il valait mieux amener de loin une pareille révélation.

Le jour parut donc sans que le directeur fût désabusé sur l'honneur qu'il croyait avoir reçu d'une princesse du sang, honneur, il est vrai, assez fâcheusement compensé par le petit incident que l'on vient de lire ; mais enfin, traîtresse ou non, il n'en avait pas moins, le pauvre homme, la conviction d'avoir eu les faveurs d'une princesse du sang royal.

La nuit ne peut pas toujours durer :

comme il ne s'agissait pas de procréer Hercule, et que le président du Directoire n'était pas Jupiter, l'Aurore aux doigts de roses, -- à propos, je serais reconnaissant envers la personne qui m'apprendrait ce que ce peut être que des *doigts de roses*, -- l'Aurore donc se leva comme de coutume, et il fallut un peu penser à ce qu'il y avait à faire pour sortir de ce mauvais pas avec les honneurs de la guerre. La réserve de mademoiselle Pavi, qui continuait l'erreur de Barras, faisait que celui-ci n'osait guères la prendre publiquement dans sa voiture : le moyen, en effet, que le président du Directoire exécutif de la république française se montrât avec une princesse, nièce du duc de Modène, un des plus grands ennemis de la république, laquelle princesse était, en outre, veuve d'un gentilhemme royaliste , guillotiné sous la Terreur? Il n'y fallait pas songer.

Il résolut donc de quitter le premier la maison de campagne de madame Z..., d'envoyer à la comtesse une voiture fermée, et de la faire conduire chez elle , où il se proposait bien de la revoir. Teresa était trop belle pour qu'avec quelques heures on se le tînt pour dit.

Comme il allait monter en voiture, la grille s'ouvrit, et deux calèches, qui contenaient madame Z..., deux ou trois autres femmes à la mode de ce temps-là, madame H...., madame T..., madame B..., monsieur de la C..., le fameux chanteur Garat, et deux ou trois autres, entrèrent au grand galop dans la cour.

Madame Z... sauta légèrement à bas

de la calè   , et s'avançant vers Barras :

— Vous nous quittez, citoyen directeur? lui dit-elle avec un sourire rail-
leur. J'ai mille pardons à vous demander de vous avoir fait prendre une co-
quine pour une grande dame; mais,
après tout, c'est moins compromettant
pour vous.

Barras ouvrit de grands yeux et ne
répondit pas. Il ne comprenait rien à ce
discours.

— Eh! fit madame Z..., est-ce que la
petite ne vous a pas mise au fait; il paraît qu'elle prend goût à l'altesse, la pauvre enfant; eh bien, citoyen Directeur,
si vous voulez en savoir davantage,
vous pouvez vous adresser rue Haute-
feuille, n°..., et demander Teresa Pavi,
elle vous mettra au courant...

— C'est inutile, dit une voix qui partait du perron ; je puis éviter cette peine au citoyen directeur. Teresa Pavi rougira moins d'être elle-même, que de l'infâme rôle qu'on lui a fait jouer.

— Ah ! vous êtes là, ma petite, dit d'un air insolent madame Z... vous attendiez sans doute que je vous donne quelque chose pour votre complaisance. Tenez, prenez cela, il y a là-dedans je ne sais combien en assignats ; cela fera le compte, avec ce que je puis vous devoir pour vos leçons de musique.

Elle lui tourna le dos dédaigneusement, et se rapprocha de Barras ; Teresa jeta sur celui-ci un regard qui semblait implorer sa protection. Mais le coup était porté. Le directeur avait été humilié dans cette fille ; il lui lança un coup-d'œil foudroyant, salua les femmes qui ve-

naient d'arriver, et dit à madame Z....
en s'élançant dans la voiture :

— Vous n'auriez pas fait cela à Saint-
Just !

On prétendait que Saint-Just avait
été l'amant de madame Z...

V.

Tous ceux qui ont vécu du temps du
Directoire savent que je ne calomnie
point cette époque, en disant que la licence des mœurs était au moins égale à
celle qui avait régné en France du

temps de la Régence. Barras, qui n'eût pas été en reste avec le Régent, avait parmi ses familiers un homme qui était à lui à pendre et à dépendre, et qui eût rendu des points à l'abbé Dubois en matières de services d'une certaine nature.

Cet homme, qui se nommait D...., s'était occupé d'*affaires* sous le patronage du directeur, et avait gagné assez d'argent dans quelques fournitures. Parmi les vices nombreux dont le diable lui avait fait présent, il paraît que maître Satan avait oublié l'ingratitude; car il n'était rien au monde que l'ami de Barras n'eût fait pour prouver sa reconnaissance à son protecteur. Plus d'une fois le président du Directoire avait vu se réaliser, comme par enchantement, un simple désir émis par lui en présence de son officieux ami, et il lui était arrivé,

en se reprenant à songer à telle femme
dont il avait souhaité la possession, de la
voir tout-à-coup entrer dans son boudoir, tant le petit fournisseur était atten-
tif à satisfaire les moindres fantaisies du
satrape du Luxembourg.

Tout cela, après tout, n'était que
l'expression assez vulgaire de la reconnaissance, peut-être n'était-ce qu'une
conséquence du désir d'être toujours
dans les bonnes grâces du directeur;
peut-être même l'honnête entremetteur
ne faisait-il qu'obéir aux instincts de sa
nature en agissant ainsi. Mais l'occasion
de prouver un grand dévoûment, de développer, sur une échelle plus étendue
et d'une manière assez neuve, toute l'ab-
négation de soi-même que la gratitude
inspirait à notre homme, cette occasion,
dis-je, se présenta un jour, et D... la sai-

sit avec un empressement qui eût fait
honneur au Pandarus (1) de Shakspeare.
Jusqu'alors l'ami de Barras n'avait sa-
crifié à son dévoûment que son honneur
et sa réputation ; et là où il n'y a rien,
le roi perd ses droits ; mais, cette fois,
c'était le sublime du genre.

Le Pandarus du Luxembourg ne se
bornait pas à être à l'affût des désirs du
directeur pour les exécuter ; quand il
croyait remarquer que le cœur et les
sens du maître était inoccupés, il se faisait un devoir de se mettre en quête, et
jamais l'adroit limier n'avait couru en
vain. Un jour donc, c'était très-peu de
temps après sa déconvenue avec ma-

(1) Personnage de *Troilus et Cressida*, drame de Shakspeare. Ce Pandarus joue le rôle que le président Bonneau
oue dans le poème de Voltaire.

dame Z... et mademoiselle Pavi, le directeur passa à lire quelques correspondances, les deux ou trois heures de la soirée qu'il avait coutume d'employer de tout autre manière. D... s'en émut :

— Ceci, dit-il, n'est pas naturel. L'histoire de la Pavi a rebuté Barras ; il est capable de se mettre à s'occuper d'affaires sérieuses. Je ne puis souffrir une pareille chose. En chasse !

Et le voilà en chasse. Il avait trop bon nez pour chercher longtemps le gibier dont il avait besoin. Mais, cette fois, les jambes lui firent défaut pour forcer le gibier qu'il avait si bien senti. Pour parler sans métaphores, il échoua dans une tentative qu'il fit auprès d'une ravissante jeune fille, dont il voulait faire une surprise à son protecteur.

Il avait rencontré, dans les Tuileries, une jeune personne de seize ans, belle comme un ange, fraîche comme la plus belle des roses.

— Voilà ce que je cherche, se dit D....; c'est un vrai cadeau que je vais faire à ce cher Directeur! Et à la belle enfant aussi, pensa l'indigne entremetteur, qui croyait que cette belle fleur allait se trouver trop heureuse de l'honneur et du profit qu'on allait lui proposer.

D.... sentit pourtant un parfum d'honnêteté qui l'avertit qu'on ne vivait pas là dans la même atmosphère que lui. La jeune fille, simplement mais proprement vêtue, était accompagnée d'une femme d'une quarantaine d'années, qui avait tout l'air d'être sa mère, et toutes deux portaient, empreinte sur leur visage et dans toute leur personne, cette dignité

calme et tranquille qui dit de loin aux
gens comme D..... : il n'y a rien à faire
ici pour vous. Mais D..... n'était pas un
homme à se laisser rebuter par les appa-
rences. Comme il connaissait son mé-
tier, il se garda bien d'aborder de front
la question. Il suivit les deux femmes
sans scandale et sans intention appa-
rente; puis, quand il sut où elles lo-
geaient, il apprit adroitement les détails
suivans :

Madame L....., qu'il avait prise d'a-
bord pour une grande dame ruinée par
la révolution, tant il y avait de distinc-
tion dans la personne de la jeune fille,
était tout bonnement la veuve d'un ancien avocat au Parlement, mort quatre
ou cinq ans avant que la révolution
éclatât. Ce que M. L..... avait laissé à sa
veuve était tellement restreint, qu'elle

avait, depuis la mort de son mari, été réduite à travailler pour donner à sa fille une bonne éducation. Ses sacrifices maternels n'avaient pas été perdus. Julie L..... était à seize ans un prodige de beauté, de vertu et de talens ; déjà elle peignait les fleurs d'une manière remarquable, et son pinceau la mettait à même de rendre à sa mère ce que cette excellente femme avait fait pour elle dans son enfance. Elles habitaient un modeste logement au quatrième étage dans la rue Saint-Honoré, et tout le voisinage n'avait qu'une voix sur leur compte. Les vieilles femmes les plus médisantes du quartier disaient, en parlant d'elles :

— Les citoyennes L.....! c'est la vertu sur la terre !

De pareils renseignemens eussent rebuté tout homme moins dépravé que ne l'était D.....; ils ne firent au contraire que l'exciter dans son infâme projet. Il envoya chez madame L.... une personne à sa dévotion, chargée de négocier le honteux marché que D..... avait si fort à cœur de conclure. Comme on peut l'imaginer, la bonne madame L..... jeta l'infâme ignominieusement à la porte dès les premiers mots qui furent prononcés. Il n'avait, du reste, été question ni de l'entremetteur, ni de Barras; on n'avait parlé que d'une personne haut placée, d'une grosse somme, et d'une belle position en perspective.

Lorsque D..... apprit le triste succès de son ambassade, il se mordit les doigts, se gratta le front, et se mit à réfléchir. Le diable fut sans doute de moitié dans cette conférence que D..... eut avec lui-même; car de ce moment de réflexion, naquit la plus infernale résolution qui fût jamais sortie de la tête de cet homme ou d'aucun de ses pareils.

La réputation de madame L..... et de sa fille, corroborée par l'issue de la démarche qu'il avait fait faire, ne permit pas à D..... d'espérer plus longtemps de réussir par la voie de la corruption. Il fallait donc changer de batterie. Une fois, qu'il avait enlevé une jeune fille destinée aux plaisirs du maître, et dont les parens avaient fait du bruit, Barras lui avait dit assez sèchement qu'il n'aimait pas qu'on le servît trop bien. Il fallait donc aussi renoncer à la possession de mademoiselle L..... par la violence. La corruption et la force écartées, il ne restait donc que la ruse : il est vrai que là, D..... était dans son élément.

Il renonça à sa première idée de la

surprise au Directeur; il aima mieux se le donner comme auxiliaire, en lui faisant désirer Julie. Le présent, à la vérité, perdait un peu de sa délicatesse; mais avec un homme comme D... il est des ressources infinies, et il avait conçu un plan qui, bien qu'il sentît un peu son Lafleur et son Frontin, n'en était pas moins neuf dans la pratique de la vie réelle, et que les intrigans des temps passés et futurs devaient lui envier.

Il parla à Barras de la jeune merveille dans des termes si brûlans, qu'il ne lui fut pas difficile d'inspirer à cet homme voluptueux le plus violent désir de voir celle dont on lui faisait un portrait si séduisant. D..... épia l'occasion; et dans une promenade que firent aux Tuileries la mère et la fille, elles passèrent auprès du Directeur et de son ami, sans que la

pauvre femme se doutât que les deux
hommes, qui la croisaient avec une ap-
parente indifférence, méditaient le dés-
honneur de sa fille, et que les infâmes
propositions qu'on lui avait faites vinssent de l'un de ces deux hommes. Dès
que Barras vit Julie L....., il partagea
l'admiration qu'elle avait inspirée à son
Proxenète, et ressentit pour son propre
compte les désirs que D..... avait ressen-
tis pour lui par procuration.

Ce désir devint bientôt une véritable
passion. D..... en observait les progrès
avec amour, comme un chimiste qui voit
chaque jour, avec une nouvelle joie, une
savante préparation passer par toutes les
phases exigées par la science, et qui pré-
voit l'heureux résultat d'un travail puissamment combiné.

Quand il crut que le moment était

venu de mettre la dernière main à
l'œuvre, il vint trouver le directeur et
lui dit froidement.

— Voulez-vous cette jeune fille?

— Parbleu! dit Barras.

— Eh bien! je vous la donne.

— Je ne m'en aperçois guères, dit Barras
qui ne se gênait pas avec D....., voilà
quinze jours que tu es en campagne, et
il n'y a rien de nouveau.

— Je vous la donne, reprit tranquillement D..... qui paraissait sûr de son fait ;
non pas aujourd'hui, non pas demain,
ni même cette semaine, mais vous l'aurez, et quand je dis que je vous la donne,
rappelez-vous bien ce mot là, vous verrez plus tard s'il était exact.

D..... ne parla plus de Julie au directeur. Au bout de quinze jours il se pré-

senta dans son cabinet, et lui dit en le saluant profondément :

— Puis-je espérer, citoyen directeur, que vous m'accorderez une grande grâce?

— C'est selon, dit Barras en riant, comme pour faire sentir à son ami qu'il était des choses qu'il ne pouvait décemment lui accorder. — De quoi s'agit-il?

Oh! répliqua D..... qui avait bien compris l'intention du directeur, et qui était assez libre avec lui dans l'intimité pour lui rendre insolence pour insolence. — De pas grand chose! rien que de l'honneur de votre présence à une petite cérémonie de famille.

— Est-ce que tu te maries, dit Barras en riant plus fort.

— Vous avez deviné, répondit D..... en riant aussi.

— Et quelle est la malheureuse qui a

bien voulu devenir ta femme? reprit le directeur.

— Une pauvre fille qui n'a pas le sou, fit D..... en reprenant son sang-froid.

— Est-elle jolie?

— Très jolie.

— Je te l'achète.

— Je ne la vends pas.

— C'est qu'elle est l'aide.

— Elle est charmante.

— Alors, je ne comprends pas.

— C'est possible. Voulez-vous venir à ma noce?

— On se moquera de moi; mais cela m'est égal. Quand te maries-tu?

— Quintidi prochain.

— Bien : et Julie?

— Ah! vous y pensez toujours. Je vous l'ai promise : vous l'aurez.

— **Tu es un homme étonnant, tu mènes**

tout de front, les affaires, tes plaisirs et ceux de tes amis.

— Ce n'est pas si difficile que vous le croyez, dit D..... avec un sourire diabolique. Je puis vous annoncer à la famille de ma future?

— Oui; mais, pour Dieu, que ton mariage ne te fasse pas oublier que tu m'as promis Julie.

— J'oublierais plutôt de me marier, dit l'ami de Barras en répétant son horrible sourire.

Comme le lecteur n'a pas certainement l'imagination aussi diabolique que monsieur D....., il n'est peut-être pas inutile de lui expliquer le mystère du mariage de cet homme.

Quand il avait vu que ni la corruption ni la violence ne le mèneraient à la conquête de Julie L..... pour le compte

du directeur, il avait conçu l'infernale
pensée de faire cette conquête pour son
propre compte pour en faire hommage
à son protecteur. Il n'y avait qu'une manière d'y arriver, c'était le mariage. Il
s'y résolut tout d'abord : il entrevoyait
dans l'avenir les plus magnifiques résultats pour ses intérêts : Barras, à qui il
comptait livrer sa malheureuse femme,
n'aurait rien à refuser à un pareil dé-
vouement. La bassesse de son ame l'abu-
sait sur les conséquences probables d'une
pareille action ; il pensait que sa femme,
flétrie par lui, emportée par le tourbil-
lon du monde, séduite par l'exemple et
les plaisirs, se mettrait bien vîte au ni-
veau des autres, et il fondait de grandes
espérances sur sa beauté et ses talents.
Il voyait donc dans son mariage avec Julie L....... deux points principaux; il

s'acquérait des droits imprescriptibles à la bienveillance illimitée de Barras, et celui-ci lui demeurant, ou lui manquant même, sa femme devait lui assurer constamment de puissans protecteurs.

Malgré la bassesse de ses sentimens et de ses actions, D.... était un homme qui avait du monde : sa fortune était assez considérable, il était en posture d'en avoir une plus belle encore ; c'était donc un beau parti pour une pauvre jeune fille comme Julie L....., et si l'on songe que, dans la retraite profonde où vivaient ces deux femmes, loin de connaître la mauvaise réputation de D....., elles ne savaient pas même qu'il fût au monde, on comprendra qu'il était très raisonnable de penser que la demande du fournisseur serait accueillie favorablement.

Il sut, je ne sais comment, que parmi les relations que madame L····· avait conservées, se trouvait un ancien procureur au Châtelet, homme assez simple pour un procureur, et ce qui, pour un procureur, était bien plus étrange, assez honnête homme.

Ce phénix de la bazoche s'appelait Milleret, et D······ avait été mis en rapports avec lui à propos d'une affaire dans laquelle Milleret avait été choisi pour arbitre, six mois avant l'époque dont nous parlons. Par un hasard assez inexplicable, D····· se trouvait ne pas avoir tort dans l'affaire en question, et l'honnête Milleret, bien que choisi par la partie adverse du fournisseur, avait donné raison à qui de droit. Le fournisseur lui avait offert un assez beau cadeau, car il était avide sans être avare. Mais l'ancien procureur l'avait remercié, disant que ses honoraires lui seraient payés par la partie condamnée.

D..... fut donc enchanté quand il découvrit que Milleret était un des trois ou quatre amis que la ère de Julie admît dans son modeste intérieur. Il alla le trouver et le pria de lui accorder un moment d'entretien particulier; quand ils furent dans le cabinet du jurisconsulte, qualité que prenait Milleret depuis qu'il avait vendu sa charge, D..... prit un air de circonstance et dit au vieillard d'un ton solennel :

— Citoyen Milleret, je viens vous demander un service.

— Si c'est quelque chose qui regarde mon ministère, dit simplement Milleret, je suis à vos ordres.

— Oui, continue D..... en souriant,

la chose vous regarde, en ce sens que
vous pouvez beaucoup dans cette circonstance ; mais il n'est pas question ici
des *Institutes* et des *Pandectes*. Je voudrais
me marier.

Milleret, qui n'avait ni fille, ni nièce,
ni cousine, regarda l'ami de Barras d'un
air stupéfait, sans trouver un mot à lui
répondre.

— Oui, reprit son interlocuteur, je
veux me marier ; je suis las de la vie de
garçon ; je ne suis pas vieux encore, mais
j'ai ma quarantaine bien sonnée ; j'ai de
la fortune, du crédit ; mais tout cela ne
me suffit pas ; tout cela ne me suffit plus,
surtout, depuis que j'ai vu une jeune fille
dont la beauté m'a frappé tout d'abord,
et dont les grandes qualités m'ont char-
mé quand j'ai pris sur elle des informa-
tions, comme un homme de sens, qui a

des intentions pures, doit le faire en pareil cas. Je voudrais la demander en mariage; mais je ne suis pas connu d'elle ni de sa mère, et je me sens tout malheureux de songer qu'un autre peut me prévenir et me ravir un bien si précieux.

L'honnête Milleret, qui avait continué à regarder fixement le fournisseur, lui dit naïvement :

— Et que voulez-vous que je fasse à tout cela, mon cher monsieur? — Milleret employait très rarement le mot de citoyen.

— Eh! parbleu, s'écrie D....., je veux que vous me présentiez chez elles, ou que vous vous chargiez de ma demande.

— Je les connais donc, moi, fit Milleret!

— Si vous les connaissez! vous allez

quatre fois la semaine faire votre partie chez la mère..

— La petite L....? s'écria le procureur, aussi étonné que si D....... lui eût dit que celle qu'il voulait épouser était la fille du schah de Perse.

— Et qui donc? fit le fournisseur.

Il est véritable qu'à la manière dont parlait D..... de la personne qu'il voulait épouser, il n'y avait, parmi les connaissances de Milleret, nulle autre jeune fille dont le mérite pût justifier une pareille passion, et qu'avec un peu d'efforts d'imagination, le digne légiste aurait dû deviner que c'était de Julie qu'il s'agissait. Mais il avait vu naître mademoiselle L....., et il lui arrivait ce qui arrive souvent aux gens de son âge à l'égard des personnes qui sont énormément plus jeunes qu'eux. Julie aurait eu vingt-cinq ans, qu'il l'aurait toujours appelée la petite L.....; aussi il eût été beaucoup moins surpris d'entendre D.... le prier de faire agréer de sa part, à Julie, une belle poupée à ressorts, qu'il ne le fut de l'entendre le prier de la demander pour lui en mariage.

Cependant la simplicité de Milleret était plutôt de la candeur que tout autre chose. Le mot peut paraître étrange à l'égard d'un vieux procureur au Châtelet; mais il est exact. Son premier étonnement passé, il reporta sa pensée vers la jeune personne dont on lui parlait, et il trouva qu'effectivement Julie L...... était une fille très bien faite, dont les formes commençaient à se développer richement, et qu'un homme qui ne la regardait pas avec des yeux aussi paternels que les siens, pourrait très bien désirer pour femme. Puis l'affection qu'il portait à la mère et à la fille lui faisant tout de suite envisager comme un bienfait du ciel un riche mariage pour Julie, il tomba de tout son long dans le piége que l'adroit fournisseur lui avait tendu.

Après un moment de silence, que D..... se garda bien de rompre, parce qu'il voyait, comme s'il l'avait lu dans un livre ouvert devant lui, ce qui se passait dans l'esprit du Procureur; celui-ci toussa deux ou trois fois, et lui dit d'une voix émue :

— Mon cher monsieur, la démarche que vous faites auprès de moi est celle d'un homme franc et honnête. Je crois être l'un et l'autre : je vous répondrai donc catégoriquement. Madame L..... n'a pas de fortune; ce qu'elle a ne lui suffit même pas pour vivre, et elle est

obligée, ainsi que sa fille, de travailler,
pour ne pas être réduite au strict nécessaire. Julie n'apportera donc à son mari
qu'un nom sans tache, une beauté peu
commune, il est vrai, quelques talens,
une réputation intacte, mais pas un as-
signat de cent sous de dot.

— J'ai cinq cent mille francs écus,
dit le fournisseur.

— Et vous ne demandez pas de dot?
dit Milleret.

— Julie L..... n'en a pas besoin, dit
l'ignoble D....., en caressant au-dedans
de son ame la honteuse pensée qui diri-
geait toute sa conduite dans cette occasion.

— Vous avez mené joyeuse vie, dit
naïvement le Procureur; j'ai bien quelque part entendu parler de vos fredaines;
mais, comme vous le disiez vous-même,

vous avez la quarantaine sonnée, et la manière dont vous abordez la question ne me permet pas d'insister sur cet article. Pourtant, je ne vous dissimulerai pas que je ne pourrais me pardonner d'avoir contribué à faire changer de position à la petite L....., si elle ne devait pas être parfaitement heureuse.

— Citoyen Milleret, dit le fournisseur en prenant un air attendri, je ne serais pas venu vous trouver si je n'avais pas eu la conscience de pouvoir faire le bonheur de mademoiselle L....., si elle daigne m'accorder sa main.

— A la bonne heure ; il faut bien que jeunesse se passe, dit Milleret, qui avait soixante-dix ans, et pour qui D..... était un jeune homme. Mais, ajouta-t-il, vous êtes fort avant dans l'intimité du directeur Barras ; de quel œil verrait-il

votre mariage avec une fille sans fortune ?

— Barras, qui m'aime, dit hypocrite-
ment D....., sera heureux de mon bonheur.

— Eh bien ! dit Milleret en essuyant
minutieusement les verres de ses lunettes, ce qui était chez lui le signe suprême
de la bonne humeur, je crois qu'il est
plus convenable que je fasse la demande
en votre nom. Quand elle sera agréée,
je vous présenterai, et le reste vous re-
gardera. C'est la vraie marche à suivre.
Si, par hasard, et je n'ai pas de raison
pour le supposer, madame L..... ne voulait pas marier sa fille, un refus serait
moins mortifiant pour vous, vous arri-
vant par moi, que s'il vous était fait à
vous-même, parlant à votre personne.
Ce soir même, je ferai la demande ; de-

main, à dix heures, trouvez-vous ici ou
attendez-moi chez vous : j'aurai quelque
chose à vous dire.

L'ancien procureur tint fidèlement sa
parole ; et voici comment il procéda.
Du moment qu'il s'était rendu compte
que Julie n'était plus un enfant, elle s'é-
tait révélée à lui tout entière. Il avait
compris en une minute et avec admiration, tout ce qu'il y avait de sublime dans
cette jeune fille. Le bon vieillard passa
d'un extrême à l'autre. Tout-à-l'heure il
ne voyait dans Julie qu'un enfant à qui
une poupée eût parfaitement convenu ;
à présent il voit en elle une personne
d'un rare mérite qu'il eût volontiers con-
sultée sur une question de droit. Heureusement, à part la question de droit, il
était cette fois plus près de la vérité que
la première.

Milleret résolut donc, contrairement à ce qu'il aurait fait en toute autre circonstance, de commencer l'attaque par Julie elle-même. Il savait que madame L..... était un peu indisposée; il alla proposer à la jeune fille de la mener faire un tour de promenade. Quand ils furent dans les Tuileries, il l'emmena dans une allée solitaire, et lui dit d'une voix grave et paternelle :

— Mon enfant, je suis sûr que, s'il dépendait de toi de donner à ta mère une bonne position et de lui assurer du bien-être pour ses vieux jours, tu n'hésiterais pas un seul instant, je t'ai bien jugée, n'est-il pas vrai ?

— Quelle question ? dit gaîment la jeune fille.

— N'as-tu jamais pensé à te marier ?

— Moi ! s'écria Julie, jamais, mon

Dieu ! si ce n'est lorsque ma pauvre mère,
dans des momens d'expansion, me prenait sur ses genoux et me disait, en
m'embrassant les larmes aux yeux : Ce
qui me fait le plus de peine, ma chère
enfant, c'est de penser que je ne pourrai t'établir.

— Et que disais-tu alors?

— Moi, je riais pour l'empêcher de
pleurer ; je l'embrassais de tout mon
cœur, et je l'assurais que je n'avais pas
.d'autre désir que de passer ma vie près
d'elle.

Milleret fit quelques pas en silence,
puis il reprit :

— Mais, ma fille, s'il se présentait un
homme riche, très riche qui te demandât
en mariage, crois-tu que tu aurais le
droit de priver ta mère, dans sa vieil-

lesse, du bien-être que tu pourrais lui
donner en acceptant?

Ce fut Julie qui, à son tour, garda le
silence.

— Eh bien! fit Milleret quand ils furent
arrivés au bout de l'allée sans que sa
compagne lui eût répondu.

— Je suivrais en cela, dit Julie d'une
voix émue, comme en toutes choses, les
ordres de ma mère, et...

— Et...? dit le procureur.

— Et les conseils de nos amis, dit Julie
qui semblait ainsi demander indirecte-
ment à Milleret quel était son avis particulier.

— A la bonne heure, dit Milleret; voilà une réponse. Si c'est mon avis que
tu demandes, je vais te le donner franchement. Dans le cas où le parti serait
convenable sous tous les rapports, je te

conseillerais, personnellement, d'accepter. Quant aux ordres de ta mère, je
sais d'avance ce qu'elle répondra. Elle
dira, avec la douceur que je lui connais :

— Je ne contraindrai jamais ma fille à
se marier; si elle le veut, j'y consens de
grand cœur.

— Ainsi, continua Milleret, supposons
qne je sois chargé de te demander en mariage; que je me sois adressé à ta mère;
qu'elle m'ait renvoyé à toi, et que je
vienne te dire :

— Julie, un homme qui a une quarantaine d'années, qui t'aime passionnément, qui a cinq cent mille livres de
fortune, qui n'est ni bien, ni mal de sa
personne, et qui promet de te rendre
heureuse, demande à être ton mari; que
me répondrais-tu ?

— Mais maman ne vous a pas envoyé à moi, monsieur Milleret, dit avec un petit sourire plein de finesse mademoiselle L...

— Eh bien, j'y suis venu de moi-même, dit Milleret, voyant qu'il avait affaire à plus fin que lui ; voyons ! pas de mystères. Ce que je viens de te dire est réel ; ce n'est pas une supposition. Réponds-moi donc.

On ne fait pas impunément une question pareille à une jeune fille de seize ans. Mademoiselle L.... rougit jusqu'au blanc des yeux ; elle sentit un trouble inconnu s'emparer d'elle, et elle ne put proférer une parole.

A soixante-dix ans, on n'envisage le mariage que comme une affaire. Le vieux Milleret ne s'aperçut donc pas du trouble de la jeune fille. Mais il respecta son

silence, qu'il trouva même très convenable, s'imaginant qu'elle méditait sa réponse à une aussi grave question.

Cependant il vit bientôt que Julie ne
songeait guère à lui répondre. Il fut obligé de la tirer une seconde fois de sa rê-
verie, et de lui demander à quoi il devait s'en tenir.

— Je connais comme vous toute la
bonté de ma mère pour moi, lui dit enfin
la jeune fille ; mais je ne saurais répondre formellement sur un pareil sujet,
avant que votre demande lui ait été
soumise.

— C'est juste, dit Milleret ; seulement
dis-moi si tu n'as pas de répugnance pour
le mariage...

— J'aurais mieux aimé vivre de notre
vie simple et tranquille ; mais ce que

vous m'avez dit m'a fait comprendre qu'une fille peut avoir envers sa mère d'autres devoirs à remplir que ceux qui auraient été dans mes goûts, dit la jeune fille avec une raison au-dessus de son âge.

Milleret ôta ses lunettes, et, tout en marchant, en essuya longuement les deux verres; ce qui indiquait que les dernières paroles de Julie lui assuraient le succès de son ambassade.

Quand il fut à la porte de la maison de madame L..., il annonça à Julie qu'il allait adresser immédiatement sa requête à sa mère, et la pria de le laisser seul avec elle.

Il exposa simplement à madame L..... l'objet de la démarche dont il s'était chargé. Comme il s'y était attendu, la bonne dame déclara qu'il n'en serait que

ce que voudrait Julie. Milleret ne lui
cacha pas la conversation qu'il venait
d'avoir avec mademoiselle L....., auprès
de laquelle il était comme un père. Il
lui fit envisager les immenses avantages
du mariage qui se présentait ; lui fit
promettre de ne pas apporter d'obstacle
à la réalisation d'un pareil projet, et la
quitta en lui disant qu'il viendrait le
soir faire sa partie, et qu'il espérait avoir
une réponse.

Il ne manqua pas de se rendre chez
son amie, un peu plus tôt que de coutume, parce qu'il voulait avoir sa réponse avant que les deux ou trois vieux
amis qui complétaient le boston fussent
arrivés. Madame L..... lui déclara que
puisque sa fille ne montrait pas de répugnance pour le parti qu'il lui proposait, il lui suffisait que lui, Milleret, se

fût chargé de faire la demande, et qu'il pouvait présenter son protégé.

Milleret, avec sa naïveté accoutumée, raconta tout cela à D..... lorsqu'il le vit le lendemain matin. Jour fut pris pour la présentation. D....., n'était ni bien ni mal ; il avait de l'esprit ; il fut très réservé avec Julie, très empressé auprès de madame L....., si bien qu'il plut beaucoup à la mère et ne déplut pas à la fille, qui lui tint même compte des attentions qu'il prodiguait à sa mère.

D..... témoigna une vive impatience de voir hâter le moment de son mariage. Une fois agréé, il n'y avait guères de raison pour ne pas en finir aussitôt que faire se pourrait. Les bans furent donc publiés aussitôt, le trousseau et la corbeille commandés, et le jour désigné pour la cérémonie.

Ce fut alors que D..... alla trouver Barras et lui demanda d'assister à sa noce, ainsi qu'on l'a vu plus haut.

Le jour du mariage arriva ; le contrat fut fait avec générosité par le fournisseur. En sortant de la mairie on se rendit chez D....., où était servi un splendide déjeûner, auquel le directeur Barras devait faire aux époux l'honneur d'assister. On l'annonça. D..... prit sa femme par la main, et, avec un sang-froid imperturbable, la conduisit au-devant du président du Directoire. Julie, avec sa parure de noces, était la plus ravissante créature que l'on puisse imaginer. Barras resta stupéfait.

— Citoyen Directeur, dit le fournisseur sans paraître s'apercevoir de l'embarras de son protecteur, permettez que je vous présente madame D....., pour qui je vous demande les mêmes bontés que vous avez toujours daigné avoir pour moi-même.

Barras lui lança un regard foudroyant. Il avait désiré Julie autrement que comme distraction. Il se croyait joué par D....., et, tout en saluant avec sa politesse ordinaire la nouvelle mariée, il ne put s'empêcher de laisser paraître sa mauvaise humeur sur sa physionomie; il fit à Julie un compliment assez embarrassé, et, au bout de quelques minutes, il fit signe à D... qu'il voulait lui parler. Celui-ci le conduisit avec de grandes marques de respect dans un autre salon, et attendit humblement ce que le directeur avait à lui dire.

— Que vous manquiez de parole aux gens avec qui vous faites du trafic, lui dit brusquement Barras; c'est votre affaire. Mais que vous vous permettiez de vous jouer de moi, vous verrez ce qu'il vous en pourra coûter.

> — Puis-je vous demander quel funeste nuage,
> Seigneur, a pu troubler votre auguste visage?

fit D... d'un ton moitié ironique, moitié respectueux,

— Nous ne jouons pas la comédie, monsieur, s'écria Barras ; vous vous êtes moqué de moi ; vous êtes un drôle.

— Je ne vous comprends pas, dit sérieusement D...

— Comment, vous déterrez, je ne sais où, une jeune fille belle comme le jour ; vous m'en faites devenir..... amoureux : oui, amoureux ; je crois, le diable m'emporte, que je le suis :

vous me la promettez, et vous l'é-
pousez; et ce n'est pas là se moquer de
moi?

— C'est selon, dit froidement D....
Vous avez voulu cette jeune fille, j'ai
essayé de la corrompre; j'ai échoué; je
l'aurais bien fait enlever; vous ne le vouliez pas : puisqu'elle ne voulait pas se
donner, et que vous ne vouliez pas la
prendre, il fallait bien qu'on vous la
donnât. Il n'y avait pour cela qu'un seul
moyen : c'était de l'épouser; je l'ai épousée, et je vous la donne : si vous n'êtes
pas content, ma foi, je ne sais pas ce
qu'il faut faire.

Cet effroyable discours fut débité
comme si celui qui le tenait eût parlé de
la livraison d'une fourniture de fourra-
ges ou de farine.

Barras, lui-même, ne put se défendre

d'un secret mouvement d'horreur en présence d'un pareil cynisme. Mais Julie était si belle, et le directeur était si peu timoré, que ce bon mouvement ne fut que passager; il se leva, et, pressant D.... entre ses bras :

— Ah ! mon ami, s'écria-t-il, que je te demande pardon ! ah ! tu es un grand homme ! c'est entre nous à la vie et à la mort.

D..... ne demandait pas autre chose. Il s'inclina respectueusement, et vit sa fortune doublée, triplée, en moins de six mois.

— Rentrons, dit-il au directeur; tantôt je vous donnerai les détails.

Le déjeûuer fut splendide et très gai, quoique la présence de madame L.... ne permît pas à quelques-uns des convives de développer l'amabilité dont ils avaient l'habitude de faire preuve en pareilles occasions. Le directeur, placé à la droite de la mariée, fut plein de grâce et d'esprit; le bon Milleret pleurait de tendresse; il n'avait jamais, disait-il, rien fait dans sa vie qui lui fît autant de plaisir que ce mariage, qui était son ouvrage! Le pauvre homme! il n'y avait pas de quoi se vanter!

Des ouvriers, maladroits sur recommandation expresse, n'avaient pas le soir achevé de décorer la chambre à coucher. D...déclare qu'il emmènerait sa femme à sa maison de campagne de Neuilly. Il n'y avait point d'objection à faire. Madame L..... embrassa sa fille et pleura beaucoup en la quittant, ainsi que Julie : c'était dans l'ordre. Bref, on se sépara le cœur content.

D.... monta donc en voiture et se rendit à Neuilly avec sa jeune femme. Pendant la journée il avait fait part de son plan à Barras. Tout était disposé pour l'infâme trahison, si longuement méditée par l'ami du directeur.

On ne s'attend pas à ce que j'entre dans des détails sur la fin de cette histoire; qu'il suffise de savoir que, grâce à l'obscurité, le directeur prit dans la chambre nuptiale la place du mari de Julie; que cet odieux manège se renouvela pendant plusieurs jours; que, soit hasard, soit dessein prémédité, le directeur s'étant endormi une fois avant le jour ne se réveilla qu'après le soleil levé, ce qui apprit à la malheureuse Julie l'odieux trafic dont elle avait été l'objet. Son désespoir fut grand : mais de peur de faire trop de peine à sa mère elle ne lui en parla pas.

Lorsque l'infâme D..... pensait que l'exemple et l'attrait du plaisir finiraient par mettre sa femme à la hauteur de son temps, s'était-il trompé? vous l'espérez, lecteur; hélas! je l'aurais bien voulu; c'est une si douce chose que l'aspect d'une candide et pure jeune femme, au milieu de la corruption générale!

Mais, quelque frivole que soit la manière dont je l'écris, ce que j'écris est de l'histoire : il faut bien dire la vérité. Sous le consulat, madame D.... était une des femmes que l'on citait le plus souvent pour sa légèreté et ses galanteries.

VI.

On parla beaucoup, dans ce temps-là, d'un pari qui eut lieu entre quatre femmes très connues par leur beauté ou le relâchement de leurs mœurs, et qui rappelle beaucoup le conte de Lafontaine :

la *Gageure des trois Commères*. C'était après un souper chez l'une d'elles que le pari s'engagea. La maîtresse de la maison voyant monsieur de M......d, si connu depuis par son esprit et sa liaison avec un grand diplomate, rire aux éclats d'une histoire que venait de lui raconter tout bas madame M......, demanda de quoi il s'agissait.

— Ma foi, dit M......d, vous le dira qui voudra; je ne sais pas comment je m'y prendrais pour vous raconter la chose d'une manière à peu près honnête.

Une histoire que monsieur de M......d n'osait raconter, devait être quelque chose d'assez exorbitant. Quelqu'un en fit la remarque; mais madame D.....-L. ...., qui était une des ennemies intimes de madame M......., dit d'un petit ton de supériorité :

— Bah! c'est pour ne pas l'humilier qu'il dit cela. Son histoire sera tout ce qui se puisse entendre de plus uni. Si je vous en contais une!

— Contez-en donc une, Madame, dit madame M......., qui l'avait entendue : Je ne vous disputerai pas le prix de la vertu. Dieu merci! je ne suis pas prude! mais, quand on fait l'amour, il y a peut-être quelque mérite à ne pas le faire trop bêtement.

— Ces deux femmes me font pitié, dit à Garat madame B....... J'ai eu quelques-uns de leurs amans ; ce qu'ils m'ont dit d'elles ne me donne pas lieu de penser que leurs histoires soient bien piquantes.

— Mesdames, dit l'artiste, voici quelqu'un qui prétend que vous n'y entendez rien ni l'une ni l'autre.

— Qui ça ? fit madame D.... — L....

— Moi, madame, dit madame B... en s'avançant ; et si on osait, on pourrait vous mettre au pied du mur, et vous défier de raconter quelque chose qui vaille ce qu'on pourrait avoir à dire.

— Osez, dit M....d.

— Pourquoi pas? dit madame D....-L.... qui, après avoir provoqué madame M...., se trouvait piquée du défi de madame B..... Quant à moi, je suis toute prête.

— Et moi aussi, fit madame M.....

— Et moi aussi, dit en écho madame B....

Madame H...., la maîtresse du logis, qui n'était pas autrement timorée, se prêta de très bonne grâce à la lutte qui s'engageait. On prit place. L'aréopage était compétent. La présidence fut dévo-

lue à M. de M.....d, qui, malgré la réserve qu'il avait montrée à l'endroit de
l'histoire de madame M....., était très
capable de diriger un débat de cette nature.

Avant d'accorder la parole à aucune
des parties, il s'approcha de madame
H...., et lui dit à l'oreille :

— Est-ce que vous ne vous mettez pas
sur les rangs ?

— Je me réserve de battre le vainqueur, dit gravement madame H.....; si
je me présentais, elles reculeraient; et
nous perdrions les trois histoires.

— Vous avez raison, lui dit M.....d,
avec ce sang-froid que nous lui avons
tous connu, et qui n'était pas ce qu'il y
avait de moins comique dans ce singu-
lier personnage.

La séance ouverte, le président régla l'ordre du débat :

— Comme c'est madame M..... qui a soulevé la question, dit-il, c'est à elle que la parole appartient en premier lieu; après elle ce sera le tour de madame D....L...., et enfin la dernière réplique sera à madame B.....

Cette sentence impartiale reçut l'assentiment de l'assemblée; on fit silence, et madame M..... commença en ces termes :

« Lorsque j'étais à Bordeaux, j'avais des relations assez intimes avec le colonel d'un régiment qui y tenait alors garnison. Au bout de quelque temps, je remarquai un jeune capitaine qui venait souvent chez lui, et avec lequel le colonel aurait vainement essayé d'entrer en comparaison. Outre que le capitaine

avait dix ans de moins que son colonel,
il était beau comme l'Antinoüs, et tout
son extérieur laissait supposer que l'on
ne pourrait avoir qu'à se louer des rapports que l'on aurait avec lui. J'en de-
vins réellement éprise, et j'eus la satisfaction de voir que son extérieur n'était
pas trompeur. J'ai été réellement fort
heureuse avec le capitaine pendant trois
semaines ou un mois. Mais le colonel,
qui était jaloux comme un tigre, ne tarda
pas à s'apercevoir de ce qui se passait
entre nous. Il dissimula toutefois, et se
contenta de montrer à mon pauvre capitaine une sévérité inaccoutumée : les arrêts lui arrivaient comme la grêle; il les
rompait pour venir me voir. Son colonel, qui le faisait espionner, le mettait
aux arrêts forcés avec défense de recevoir personne; nous bravions la consigne;

si bien qu'un beau matin j'appris que le
capitaine était pour un mois au fort du
Hâ.

» Cette nouvelle me mit au désespoir ;
je pris en horreur le colonel ; et lorsqu'il
se présenta chez moi, je lui fis répondre
que je ne recevais pas. Mais ce n'était pas
un homme à se rebuter facilement ; il me
rencontra chez une de mes amies, me
prit en particulier, me reprocha, avec
plus de tendresse et d'affliction que de
colère, ma conduite à son égard, et finit
par me déclarer que rien ne pourrait le
faire renoncer à moi. Loin d'être touchée
de son amour et de son respect, je sentis
redoubler la haine qu'il m'avait inspirée, et je me retirai sans lui répondre.

» Le lendemain, je me rendis chez le
général de division qui commandait à
Bordeaux. Cet homme, qui m'avait tou-

jours souverainement déplu, m'avait fait une cour assidue, et j'espérais, avec quelques bonnes paroles, en faire ce que je voudrais.

» Quand je fus dans son cabinet, il me demanda avec son ton de galanterie habituelle ce que j'avais à lui ordonner.

» — Bien des choses, répondis-je, et vous serez le plus aimable des hommes si vous m'accordez ce que je vais vous demander.

» — Vos désirs sont des lois pour moi, me dit le général, je vous écoute.

» — Général, dis-je alors, avez-vous entendu dire que j'eusse des relations avec le colonel ...? »

» Il parut assez embarrassé.

» — Il ne s'agit pas de faire de la politesse, repris-je, mais de me répondre positivement. Savez-vous, pour parler d'une manière claire, que le colonel est mon amant? Répondez-moi oui ou non.

» — Mais, balbutia le général, je l'ai entendu dire... sans l'avoir cru, s'empressa-t-il d'ajouter.

» — Vous avez eu tort, car cela est. Maintenant, j'ai un autre aveu à vous faire. Vous connaissez le capitaine ..... ?

» — Du régiment du colonel .... ?

» — Précisément.

» — Si je le connais? sans aucun doute; c'est un excellent officier, qui fera son chemin, et un joli garçon.

» — Je le sais mieux que vous; mais ce que vous ignorez probablement, et que je suis obligée de vous apprendre, c'est que je suis sa maîtresse.

» — La maîtresse du colonel, dit le général, je le sais, vous venez de me faire l'honneur de me le dire.

» — Je vous parle à présent du capitaine ....ﻚ. , mon cher général ; depuis
deux mois il est mon amant.

» Le général me regarda avec stupéfaction, d'un air qui exprimait autant
son étonnement d'une pareille confidence que l'impossibilité où il se trouvait de deviner dans quel but je venais
la lui faire. Je le compris, et ne le laissai pas longtemps dans l'incertitude.

» — Vous ne comprenez rien à mes
discours, lui dis-je en riant ; je vais devenir plus claire. Ce que je vous ai dit
était préalablement indispensable. Je me
rends assez bien compte du droit que
croit avoir le colonel d'être jaloux, surtout d'un homme comme le capitaine... ;
mais ce que je n'admets pas, c'est qu'il
se croie celui de le mettre aux arrêts, aux
arrêts forcés, et, ce qui est pis que tout,

au fort du Hâ. Commencez-vous à comprendre ?

» — Parfaitement, dit le général en approchant sa chaise de la bergère où j'étais assise.

» — Vous m'avez toujours témoigné beaucoup d'attachement, mon cher général, continuai-je, et quelle qu'ait été la manière dont les circonstances m'ont fait accueillir ce témoignage, vous savez, j'aime à le croire, que je professe pour vous une estime toute particulière.

» Le général s'inclina, et le mouvement qu'il fit pour accomplir cet acte de politesse, rapprocha encore sa chaise de ma bergère. Je n'eus pas l'air de m'en apercevoir, et je repris ma harangue.

» — Ce serait bien aimable à vous, mon cher général, de m'accorder une grâce que je viens vous demander. Je

ne vous prie pas de faire sortir le capitaine du fort du Hâ , mais je viens vous
prier de m'y faire entrer.

» Le général fit sur sa chaise un bond
qui la recula de deux pieds. Je ne me
déferrai pas.

» — Oui, lui dis-je, il faut que vous
fassiez cela pour moi ; d'ici à deux jours,
j'aurai un joli petit uniforme de fantaisie. Je ne suis pas une femmelette ; vous
avez des officiers qui ont l'air d'un
homme tout autant que moi : la chose
est faisable si vous le voulez ; je viendrai
à votre hôtel en costume. Vous signerez
un ordre d'écrou pour le lieutenant.....
n'importe quoi..... vous donnerez ordre
au concierge de me loger avec le capitaine..... vous aurez été le plus aimable
homme du monde, et je vous en aurai
toute sorte de reconnaissance.

» — Mais c'est impossible! dit le général en se rapprochant tout-à-fait et en me prenant une main, que j'eus le courage de lui abandonner.

» — Impossible n'est pas français, général, fis-je en souriant ; et vous l'êtes au suprême degré.

» — Mais que dira-t-on? si la chose vient à se savoir?

» — Il me semble que dès que j'en fais bon marché, vous ne devez pas vous montrer plus difficile.

» Le général réfléchit un instant ; enfin il me dit, en me regardant d'une façon très alarmante :

» — Et vous seriez reconnaissante?

» — Oui, dis-je résolûment.

» — Et quelles garanties aurais-je de cette reconnaissance?

» — Tout ce que vous voudrez, si cela

se fait ; rien du tout, si cela ne se fait
pas.

» — Mais, dit le général, à qui du
reste j'avais fait beau jeu, en bonne conscience, ne serais-je pas bien imprudent
de vous faire crédit ?

« Il n'y avait pas moyen de retourner
sur mes pas ; c'était montrer trop clairement au général que l'estime toute particulière que je professais pour lui n'était
autre chose qu'un éloignement très prononcé, et faire ainsi à mon pauvre capitaine deux ennemis au lieu d'un. Bref,
après avoir quelque peu bataillé, je sor-
tis avec la promesse du général, qui avait
cru, par prudence, devoir prendre sur
la reconnaissance promise quelques à-
comptes que je ne pus lui refuser.

» Le général était homme de parole.
Le surlendemain je me rendis chez lui

en costume d'officier de hussards : et je vous jure que je n'étais pas reconnaissable. Le nez dans mon manteau, munie d'une lettre d'audience que je m'étais fait donner l'avant-veille , je parvins jusqu'au général, qui d'abord ne me reconnut pas. Il me fit, sur mon travestissement, une foule de complimens et de plaisanteries de vieille date, comme, par exemple, celle-ci :

« — Je voudrais bien avoir un régiment composé de hussards comme vous.

» Ou bien encore :

« — Je voudrais, si j'étais hussard, avoir un semblable camarade de lit.

» Quand je lui eus donné le temps de faire briller son esprit, je songeai à l'essentiel.

» — Et mon ordre d'écrou, général?
lui dis-je.

» Il revint sur son éternel thême de la
reconnaissance. Il avait tenu sa parole;
j'aurais mal agi en ne tenant pas la
mienne; notre conférence ne dura que
trop longtemps, et je le quittai enfin
après qu'il m'eut donné de son admiration des preuves que jamais ne reçut
officier de hussards.

» J'arrivai au fort du Hâ vers la tom-
bée de la nuit. Cette précaution avait été
exigée par le général, et s'accordait du
reste assez bien avec le désir que j'avais
de voir la surprise du capitaine, quand,
après quelques instans de silence, je vien-
drais à me faire connaître. Les gendar-
mes qui m'accompagnaient, et auxquels
je n'avais pas dit un mot en chemin,

étaient porteurs du fameux ordre , lequel était ainsi conçu :

« *Le concierge-geôlier du fort du Hâ*
» *écrouera, jusqu'à nouvel ordre, le citoyen*
» *Charles Mallard,* — c'est ainsi que le géral avait déguisé mon nom ; il ne fallait pas, comme vous voyez, un grand génie, — « *sous-lieutenant au... régiment de hussards,*
» *présentement en congé à Bordeaux, pour*
» *fait de tapage nocturne.*

» N. B. *Ce prisonnier n'est pas dange-*
» *reux.*

» Signé.....

» Général de division commandant
» le département de la Gironde.»

.« Et en forme d'apostille :

« *Le geôlier est autorisé à laisser communi-*
» *quer librement le sous-lieutenant Mallard,*

« *pendant tout son séjour au fort du Hâ, avec*
» *le capitaine..... du ..... régiment d'infan-*
» *terie de ligne, présentement détenu audit*
» *fort.* »

» J'appelai l'attention du geôlier sur
l'apostille, et le priai de me laisser voi
sur-le-champ le capitaine à qui j'avais l'in
tention de demander s'il ne lui serait pas
désagréable que je devinsse son camarade de chambre. Un louis que je donnai
au brave homme, et une bourse que je
lui laissai voir et qui était assez bien
garnie, le déterminèrent à faire sa démarche à l'instant même. Mon plan était
fait : j'avais pris un petit billet tout fait
qui ne contenait que ces lignes :

« Charles Mallard se rappelle au sou-
» venir du capitaine .... qu'il a eu l'hon-

» neur de voir à Bordeaux, chez madame
» M..... »

» Je ne doutais pas qu'il ne comprît
qu'il s'agissait de moi; en effet, au bout
de cinq minutes le concierge descendit et
me pria poliment de le suivre, disant que
le capitaine serait enchanté de me voir.

» Comme il était clair qu'il allait entrer avec moi dans la chambre, je mis
mon bonnet de police sur mes yeux, m'en-
veloppai dans mon manteau, et marchai
derrière mon introducteur.

» C'est ici, me dit-il en ouvrant la
porte; voilà ce jeune officier, mon capitaine, dit-il à Raoul; je suis bien aise
pour vous qu'il soit venu ici; cela vous
fera de la compagnie.

» Je vis Raoul sourire au compliment
du geôlier, qui n'eût été rien moins qu'a-
gréable pour moi si j'eusse été un vérita-

ble prisonnier. Cette gentillesse dite, il se retira et referma sur nous la porte d'entrée de l'appartement du capitaine.

» Celui-ci vint à moi. Comme il était entre moi et la lampe il ne me reconnut pas.

» — Pardon, monsieur, me dit-il en s'inclinant, quoique je fusse en apparence son inférieur ; je vous ai fait dire, sur le nom dont vous vous êtes recommandé, que je serais heureux de vous voir ; il en serait encore ainsi quand vous ne vous recommanderiez que de vous-même. Mais permettez-moi à présent de vous demander si ma mémoire me fait défaut lorsqu'il me semble que votre nom et votre personne me sont également inconnus.

» — Capitaine, dis-je en déguisant ma voix et non sans émotion...

» — Oh! monsieur, dit Raoul en me tendant la main, il n'y a pas de hiérarchie en prison; ici nous sommes camarades. Voulez-vous que nous soyons amis et que....

» Tout-à-coup il s'arrêta, me regarda fixement. Le pas qu'il avait fait pour venir me prendre la main avait donné passage à la lumière de la lampe qui donnait alors en plein sur mon visage.

» — Bonté du ciel! s'écria Raoul, est-ce un songe?... » Puis courant à moi, il me prit dans ses bras :

» — Oh! non, non, dit-il, ce n'est point une illusion; c'est bien toi, toi qui viens dans une affreuse prison pour partager mon sort! Ah! comment ne t'ai-je pas reconnue tout de suite?

» Je n'ai pas envie de vous dire toute notre conversation; seulement, je me rappelle que je fus assez embarrassée quand il me demanda comment j'avais fait pour réussir dans ce téméraire projet. Il savait que le général m'avait fait la cour. Je ne pouvais lui dire ce qui s'était passé de point en point ; je parvins pourtant à faire une histoire assez coulante, dont le résultat fut que Raoul fut plein d'admiration pour le général, et qu'il jurait que son plus grand désir serait de lui prouver sa reconnaissance. Il paraît qu'il y en a de plusieur sortes.

» Le concierge revint me dresser un lit, qu'il fallut bien laisser faire pour la forme. Enfin quinze jours s'écoulèrent ainsi, qui ne me parurent pas quinze heures.

» Le plus piquant de l'histoire me reste à dire ; je demande cependant la permission d'abréger autant que possible

cette partie de mon récit. A bons enten-
deurs, salut.

» Nous étions, Raoul et moi, d'une
prudence extrême. Depuis le lever du
soleil jusqu'à l'heure où l'on fermait les
portes, j'étais aussi officier de hussards
que Raoul était capitaine d'infanterie ;
je ne reprenais mon sexe que le soir. Un
jour, pourtant, un de ces jours longs et
ennuyeux, on ne sait pourquoi, où les
heures semblent se dédoubler et où l'on
croit que toutes les pendules retardent,
un silence complet régnait autour de
nous. Je ne sais quelle maudite idée nous
traversa la cervelle ; le fait est que nous
avions complètement pris le jour pour
la nuit, lorsque tout-à-coup nous fûmes
arrachés à notre distraction par le bruit
presque simultané de la clé dans la ser-

rure et d'un horrible cri poussé derrière nous.

» C'était Giroux, le concierge-geôlier, qui s'écria, en se tournant vers une personne qu'il allait introduire :

» — N'entrez pas! n'entrez pas! n'entrez pas!

» Ces trois exclamations furent proférées sur trois tons très nuancés qui suivaient la gamme de son indignation croissante. Malgré l'injonction du digne concierge, la personne à qui elle s'adressait, et qui n'était autre que le général qui venait nous faire une petite visite d'amitié, le brave homme! malgré cette injonction, dis-je, notre ami le général s'était assez approché de la porte pour voir de quoi il tournait; ce qui, du reste, ne dut le surprendre que médiocrement. Il écarta le geôlier, s'assura si la première porte était refermée, puis appela le capitaine dans la première pièce, repoussant la seconde porte sur moi, qui me trouvais empêtrée, comme vous pouvez le penser, dans ces damnés habits de hussard.

« — Vous êtes un imprudent, capitaine, dit-il à Raoul avec plus de bonté que n'en eût peut-être mis un autre à sa place, après avoir assisté, ou peu s'en faut, à ce que n'aime jamais à voir un homme qui a du goût pour une femme, et surtout se voyant compromis par notre sottise, qui mettait Giroux dans le secret. — Et toi, poursuivit-il, en s'adressant à Giroux, qu'as-tu avec ton air effrayé? Eh bien! oui, ces pauvres enfans, on les a pris sur le fait : le beau malheur, après tout! il n'y a que toi et moi qui le sachions; ni toi ni moi nous ne dirons rien : on te paiera bien et il n'en sera plus question.

» Le malheureux Giroux, qui était un très honnête homme, ouvrait, en écoutant ce discours, de grands yeux où se peignait une sainte colère, que le respect dû au général avait peine à contenir. L'effort qu'il faisait sur lui-même réagissait sur toute son organisation : ses dents claquaient, son front suait à grosses gouttes, ses genoux tremblaient, et il laissait de temps en temps échapper des exclamations telles que :

« Ah ! — oh ! — oh, oh ! — sur tous les tons et avec toutes les inflexions qui peuvent exprimer l'horreur d'une grande abomination.

» Quand le général eut achevé de parler, Giroux se mit à pleurer et finit par s'écrier en sanglottant :

» Mon général, mon général! c'est vous, vous, vous! qui dites que ce n'est rien... Deux officiers!

» Le général, Raoul, et moi-même qui avais fini par me retrouver dans toutes ces tresses et ces cordons, nous partîmes à la fois d'un tel éclat de rire , que Giroux , décontenancé , commença à se demander s'il avait tout son bon sens ou s'il ne rêvait pas. Vous comprenez de reste ce qui avait si fort scandalisé Giroux. Quand notre accès de gaîté fut passé, nous expliquâmes au vertueux Giroux que, s'il y avait offense envers la discipline ainsi qu'envers le sixième et le neuvième commandement, il n'y avait pas offense envers les lois de la nature ; il se montra incrédule, peut-être pour qu'on lui prouvât la vérité de ce que l'on avançait, comme Jésus-Christ avait prouvé à saint Thomas qu'il avait été crucifié. Bref, Giroux ne promit de se taire que lorsqu'on lui eut donné des preuves irrécusables que j'avais beaucoup plus de droits aux politesses de Raoul qu'à l'uniforme que je portais.

» La moralité de l'histoire est celle-ci. Le général, après cet incident, annonça à Raoul qu'il l'avait demandé comme aide-de-camp, et que le ministre de là guerre avait autorisé la mutation. Il ajouta qu'il allait partir pour l'armée du Rhin, et qu'il devait se tenir prêt à l'accompagner ; qu'il allait sortir de prison le même jour, ainsi que son compagnon de chambre, après qui le colonel, profitant d'un congé d'un mois, s'était mis à courir jusqu'à Paris.

» Nous sortîmes donc du fort du Hâ ; Raoul, le soir, me demanda ce qu'il devait faire, me jurant qu'il resterait si je l'ordonnais. Quinze jours dans la même chambre, si promptement qu'ils passent, mûrissent terriblement une liaison, et l'accident ridicule qui nous était arrivé n'était pas de nature à raviver une flamme presque éteinte. Je ne pressai pas Raoul de demeurer ; il partit, me regrettant plus, je crois, que je ne le regrettais : il a été tué sur les bords du Rhin. ,

Quand Madame M... eut fini de parler, un murmure assez significatif régna dans l'assemblée, et l'on regarda les deux autres comme battues. Elles, au contraire, se regardaient en souriant dédaigneusement. Leur sourire semblait promettre quelque chose de tellement au-dessus du récit de madame M..., comme gros sel, que deux ou trois femmes, de l'aplomb

desquelles on avait trop présumé, se levè-
rent en silence et faussèrent compagnie.

M..., qui présidait, avant d'accorder
la parole à Madame D.... L..., s'adressa
ainsi à l'aréopage :

— Il me paraît être de mon devoir de
prévenir l'honorable assemblée que le
récit que vient de faire madame M...
est de tout point semblable à celui
qu'elle m'avait fait en particulier, si ce
n'est qu'elle a un peu plus gazé la narration qu'elle a faite à haute voix, que
celle qu'elle m'a fait l'honneur de me
faire à voix basse, et dans laquelle j'a-
vais remarqué que le choix des expres-
sions propres, et le rapport de certains
détails circonstanciés, donnait au piquant plus de caractère.

A cet hommage rendu aux ressource

que madame M... avait à sa disposition,
et aurait pu employer, elle rougit modestement. Ses rivales trouvèrent que le
président montrait de la partialité pour
le hussard du fort du Hâ ; cependant,
cet incident n'eut pas de suite, comme
on dit dans le *Moniteur*, et la parole fut
accordée à madame D... L...

VII.

» J'étais à Nantes, dit madame D.....-
L....., où j'étais allée pour quelque
temps dans la famille d'une femme de
mes amies. Nous fîmes une fois la partie
d'aller dîner à une ferme qu'elle possédait

à cinq ou six lieues de Nantes. Dans la
soirée, le temps se couvrit, et, comme
nous allions retourner à la ville, éclata
un orage épouvantable qu'il eût été imprudent d'affronter.

» Les fermiers nous offrirent l'hospitalité, et force nous fut bien de l'accepter, quoique le peu d'espace ne leur permît pas de nous donner toutes nos aises.
Ces braves gens se délogèrent pour nous
caser : il n'y avait que deux lits dans
toute la maison ; celui du fermier et de
la fermière, et celui de leurs deux fils,
grands garçons de dix-neuf et dix-huit
ans, qui avaient jusqu'alors échappé à
la réquisition, parce que Carrier avait
de grandes obligations à leur père, et
que, contrairement à son habitude, il
avait eu l'honnêteté de s'en souvenir.

» Mon amie avait aussi avec elle deux femmes de sa connaissance, avec lesquelles elle était beaucoup moins liée qu'elle ne l'était avec moi. Il fallait donc que nous occupassions deux à deux les lits que la complaisance de nos hôtes mettait à notre disposition. Comme celui de la fermière était le meilleur, les honneurs en furent faits à nos deux compagnes, et nous nous couchâmes, Henriette et moi, dans celui que nous abandonnèrent les deux jeunes gens.

» Quoique la maison fut fort petite, elle était partagée en deux corps-de-logis, ou plutôt en deux pavillons. Dans l'un était la chambre du fermier, à l'unique étage élevé au-dessus du rez-de-chaussée, et sous cette chambre était la salle qui servait en même temps de cuisine, et dans laquelle le fermier et sa femme devaient passer la nuit. Le second pavillon se composait, au rez-de-chaussée, d'une grange, et à l'étage supérieur, de la chambre des fils de la maison et d'un grand grenier, où ces bons jeunes gens établirent leur domicile sans plus de façons qu'on n'en fait à leur âge pour passer une mauvaise nuit.

» Nous nous couchâmes gaîment dans ce grand lit de campagne, où l'on avait mis les draps les plus fins de la lingerie, lesquels étaient encore, comme on peut se l'imaginer, horriblement durs pour des petites maîtresses. L'orage, en outre, qui, au lieu de cesser, était devenu une véritable tempête, faisait un tel vacarme en sifflant à travers les portes et les fenêtres assez mal jointes du pavillon, que nous ne pouvions parvenir à nous endormir.

» La cloison qui séparait notre chambre du grenier dont les jeunes gens avaient fait leur chambre à coucher, était si mince, qu'ils devaient entendre le moindre mouvement que nous faisions dans notre lit, et que nous ne pouvions perdre une parole de ce qu'ils disaient, lorsqu'il leur arrivait de causer, ce qu'ils avaient soin, cependant, de ne faire qu'à voix basse. Mais les gens de la campagne, qui n'ont pas l'habitude de ces chuchotemens, croient quelquefois parler bien bas, et leurs *aparte* ressemblent à ceux du théâtre, qui sont destinés à être entendus de toute la salle.

» Tout ce que nos voisins se disaient à l'oreille nous arrivait donc aussi distinctement que s'ils eûssent été dans la même chambre que nous. Comme je ne supposais pas que la conversation de ces jeu-

nes rustres dut être fort intéressante, je
n'y prêtais pas une grande attention, et
j'enfonçais, au contraire, ma tête dans
le traversin, pour tâcher d'échapper au
bruit de la tempête, et goûter quelque
repos.

» Tout à coup, Henriette me poussa
légèrement, et me dit très bas :

» — Alphonsine, dormez-vous ?

» — Hélas non, lui répondis-je ; je
crois que nous sommes condamnées à
faire une nuit blanche.

» — Ne bougez pas, reprit Henriette,
et écoutez.

» — Que voulez-vous que j'écoute? dis-
je assez peu contente de ce nouvel obstacle apporté à mon sommeil.

» Henriette me mit la main sur la bouche, et me dit en collant sa bouche à
mon oreille :

« — Nos voisins parlent de nous, ma chère, et, si je ne me suis pas trompée, ils n'en disent pas trop de mal.

» J'en demande pardon aux merveilleux qui m'écoutent ; mais à ces mots prononcés par Henriette, les deux fils de notre hôte m'apparurent soudainement à la pensée, beaucoup moins comme des paysans qu'ils étaient, que comme deux jeunes hommes à la physionomie heureuse, taillés en hercule, et qui, à en juger par la découverte de mon amie, avaient le goût aussi bon que les gens de la ville.

» J'obéis à l'invitation d'Henriette ; nous restâmes immobiles, retenant notre respiration pour mieux entendre ; l'orage sembla faire trève un instant, comme pour favoriser notre indiscrète curiosité ; et voici la conversation qui arriva jusqu'à nos oreilles, non sans faire naître en nous d'étranges réflexions.

« — Ma foi, oui, dit le frère aîné; quand j'attrappe la grande Madeleine dans quelque coin, ça me rend bien aise tout de même; mais je crois bien que ce doit être tout autre chose d'avoir affaire à une citoyenne comme madame R...

» — T'aimes mieux les blondes, toi, Jean, à ce qu'il paraît, dit le cadet en étouffant un éclat de rire; c'est toujours de madame R... que tu me parles. Moi, si on me laissait choisir, j'aimerais mieux celle-là qui est couchée avec elle.

» — Celle qu'elle appelait Alphonsine? dit le frère aîné.

» — Oui, dit le cadet.

» C'était, comme vous le voyez, mon amie qui avait touché le cœur de mon-

sieur Jean, et moi qui avais fait le plus
d'impression sur monsieur Pierre, son
frère cadet.

« — Madame Alphonsine n'est pas
trop déchirée non plus, dit Jean : mais,
comme tu dis, j'aime mieux les blondes :
tu sais bien que la grande Madeleine est
blonde.

» — Eh bien, moi je suis fort pour les
brunes, reprit Pierre : Toinette et Nanon étaient noires comme des corbeaux;
mais cette madame Alphonsine, avec sa
peau blanche et ses petites mains, je
suis sûr qu'elle leur en revendrait encore. Elle vous a des yeux, et des cheveux!

» Je mordais mon oreiller, de manière
à le mettre en pièces, pour ne pas rire
en entendant ce panégyrique, où j'étais
proclamée supérieure en qualités à mes-

demoiselles Toinette et Nanon , malgré ma peau blanche et mes petites
mains.

« — Ce que c'est pourtant , dit Jean
après une pause ; comme ça vous change
un homme, une journée passée auprès
de jolies femmes de la ville ! Je crois que
si Madeleine était là, à côté de moi, je
n'y prendrais pas plus garde qu'à une
botte de foin ; tandis que si, par miracle,
j'avais madame R... entre les mains ,
je lui ferais deux fois plus d'amitiés
qu'à Madeleine en deux où trois rendez-
vous !

» — C'est comme moi, dit Pierre avec
un accent énergique qui témoignait de
la vérité de son assertion ; il me semble
que si j'étais avec madame Alphonsine
aussi librement que je le voudrais , je

mourrais avant de songer à me séparer
d'elle.

» — C'est tout de même agréable d'ê-
tre le mari d'une petite femme comme
ça, dit Jean avec un soupir.

» — Bah! dit maître Pierre, qui, bien
que le cadet, paraissait avoir plus d'expérience que son frère, ce n'est quelquefois pas leurs maris qui sont les mieux
traités, et si je n'étais pas un pauvre pay-
san, je te promets bien que je ne voudrais pas en être quitte pour mes sou-
haits, et que je m'arrangerais bien de
manière à ne point en avoir le dé-
menti.

» Dans l'ombre, ma position ne me con-
traignait pas à garder trop rigoureuse-
ment mon quant à moi; je ne jugeai donc
pas à propos de me courroucer beaucoup
contre cette opinion si naïvement expri-

mée par mon adorateur, je me contentai
de pousser ma compagne et de lui dire
bien bas :

» — Entendez-vous ?

» — Il n'est pas si bête qu'il en a l'air,
me dit-elle, et il en sait peut-être plus
long que nous.

» — Je ne sais pas ce que j'ai, dit
Pierre, je ne saurais dormir.

» — Ni moi non plus, dit son aîné; ce
n'est cependant pas le mauvais lit, ni
l'orage; j'ai dormi à poings fermés sur
plus dur que cela, et avec un temps en_
core pire que celui-ci.

» — C'est peut-être le voisinage, dit le
frère cadet; dame, quand on n'est pas
accoutumé à ça, c'est bien fait pour vous
faire un peu d'effet.

— Je ne suis pas capable de dormir de

quinze jours dans le lit où ces diables de femmes auront couché, dit Jean.

» — Dire que nous sommes là si près d'elles, dit Pierre, si près que, si nous parlions fort, elles nous entendraient, et que de si friands morceaux nous passent devant le nez!

» — Dis donc, frère, dit Jean, j'ai lu dans un bouquin que le portier du ci- toyen Carrier m'a prêté, et qui s'appelle *les Contes de La Fontaine*, l'histoire d'un fermier à qui sa dame a demandé ce que tu sais bien : est-ce que tu aurais osé, toi?

» — Elle lui avait demandé, dit Pierre d'une voix altérée ?

» — En propres termes.

» — Pardienne! si elle avait osé le lui demander, je ne vois pas pourquoi je

n'aurais pas osé le faire. Je ne suis pas
bégueule.

» — C'est vrai, dit M. Jean.

» — Que le diable emporte la pluie,
dit Pierre en grondant, s'il ne faisait pas
ce temps du diable, j'irais me promener
dans le verger.

» — C'est vrai, dit Jean, nous som-
mes-là auprès du feu ; nous y avons touché de trop près, rien qu'avec les yeux ;
je sens que ça me brûle.

» — Ma foi, dit Pierre, j'aime encore
mieux m'enrhumer que d'être sur les ti-
sons. Je me lève, viens-tu avec moi ?

» Je sentis la main d'Henriette qui se
posait sur mon bras comme par un mouvement convulsif; cette main était brûlante.

» — Êtes-vous malade? lui dis-je avec
intérêt en me rapprochant d'elle.

» — Ils vont dans le jardin, me dit-elle sans répondre à ma question.

» Je devinai immédiatement que ma blonde amie qui, malgré son air tout anglais, était de sang créole, avait éprouvé magnétiquement une réaction de l'effet produit par elle et par moi sur ces deux hommes; elle n'essaya même pas de me le dissimuler; au contraire, prenant ma main et la posant sur son cœur, elle me fit sentir combien il battait violemment. Le désordre était dans tous ses sens, et je sentis que ses joues en étaient en feu lorsqu'elle me dit en penchant sa tête vers moi :

» — Ma pauvre Alphonsine, je suis folle!

» Elle s'était assise sur son séant; à la lueur des éclairs je voyais ses cheveux en désordre; sa gorge, qu'elle avait parfaitement belle, bondissait sous une respiration précipitée; ses yeux, qui ne m'apparaissaient que lorsque la lueur blafarde des éclairs venait les illuminer, brillaient d'un éclat qui avait quelque chose de sauvage. Je n'osais pas lui dire un seul mot; je sentais que, quoique je ne fusse pas tout-à-fait montée au même diapason, je ne pouvais me soustraire entièrement à l'influence de cette belle et jeune nature des tropiques, laissant éclater avec naïveté l'ardeur de ses désirs et les appétits de ses sens. J'étais troublée, et j'avais assez d'expérience pour n'avoir pas de doute sur la nature du trouble que j'éprouvais.

» Tout-à-coup Henriette se jeta à bas de son lit; comme une jeune tigresse, d'un bond elle fut auprès de la porte à l'autre bout de la chambre. Machinale-

ment je la suivis, et je lui pris la main,
sans doute pour la faire recoucher.

» — Laissez-moi, me dit-elle d'une
voix brève et impérieuse ; ne voyez-vous
pas le temps qu'il fait, et ces malheureux
qui vont descendre dans la cour, peut-
être gagner la mort parce qu'ils nous ai-
ment.

» — Comptez-vous donc les empêcher?
lui dis-je enfin.

« — Sans doute.

» — Mais, pour cela, s'ils exigeaient le
prix de leur obéissance, leur accorde-
riez-vous?.....

» — Tout au monde, dit-elle avec
exaltation ; n'est-ce donc rien à vos yeux
que cet amour sauvage?

« Je ne pus me refuser à reconnaître
que le sentiment de désir que nous
avions inspiré aux deux frères pouvait

bien avoir son beau côté. Je sentis que je
ne pouvais demeurer froide entre ces
trois êtres qui paraissaient en proie au
délire monté jusqu'au paroxysme. Nous
entendîmes la porte du grenier s'ouvrir,
et le bruit des pas des deux jeunes gens
qu'ils essayaient vainement de rendre léger pour ne pas nous éveiller. Tout-à-
coup Henriette, qui avait la main sur la
serrure, tourna brusquement la clef, et
ouvrit la porte au moment où Pierre et
Jean se trouvèrent sur le palier.

» Malgré l'obscurité ils nous aperçu-
rent à l'instant même, et à notre aspect
les pauvres jeunes gens demeurèrent
anéantis comme si nous les avions pris
commettant un crime.

» Une fois lancée dans sa téméraire es-
capade, Henriette, qui n'était plus maî-

tresse d'elle-même, ne voyait plus rien qui pût l'arrêter.

» — Jean, dit-elle d'une voix assurée, comme l'est celle d'un malade à qui une fièvre violente prête des forces qu'il ne trouverait pas en lui dans un instant de calme, où allez-vous?

» Jean ne répondit pas.

» — Nous ne saurions dormir, dit Pierre qui avait plus d'aplomb que son frère, et nous allons faire un tour de verger.

» — La pluie tombe à torrens, dit Henriette en me serrant le bras convulsivement.

» — Bah! dit Jean, nous y sommes faits, tandis que....

» — Oui, continua Pierre, voyant que son frère n'osait achever, tandis que nous ne sommes pas habitués à affronter un danger dont nous ne pourrions nous tirer à notre honneur.

— Qu'en savez-vous ? dit Henriette au comble du délire, en posant sa main sur la rude main de l'aîné des deux jeunes gens.

» L'attouchement de cette main fut l'étincelle qui mit le feu aux poudres. Quelque rustre que soit un homme, il est impossible qu'il ne comprenne pas le langage de la nature, et la main brûlante et contractée de madame R.... disait assez clairement qu'elle partageait les désirs de celui qui venait d'exprimer si explicitement ceux qu'elle lui avait inspirés. La perfide petite main fut portée aux lèvres du beau jeune homme, qui crut sentir un léger mouvement qui l'attirait vers la chambre. Il se fit un grand silence, et je vis deux ombres pas-

ser entre moi et la porte. Je commençais
à ne pas être plus calme que mon amie.
Je sentais mon sang refluer vers mon
cœur, battre rapidement dans mes artè-
res, et au milieu de cette confusion de
tout mon être, j'entendais à deux pas de
moi des sons inarticulés qui achevaient
de troubler ma raison, lorsque tout-à-
coup je sentis un bras nerveux entourer
ma taille, et en moins de temps que je
n'en mets à vous le dire, j'avais franchi l'espace qui se trouvait entre la porte de notre chambre et la rude couche que les
deux frères venaient d'abandonner.

» Quand le premier moment d'exaltation fut passé, il me sembla bien que j'en
voulais un peu à Henriette de ce qu'elle
m'avait fait faire. Mais Pierre se montra
si respectueux et si tendre tout à la fois,
que, lorsqu'en quittant ce beau jeune

homme, je rejoignis madame R....., je ne
lui en voulais plus du tout.

» Le lendemain, la pluie avait cessé;
mais comme il n'y a que le premier pas
qui coûte, nous étions désolées de repartir sitôt : il n'y avait cependant pas
moyen de demeurer à la ferme; il fut
donc convenu que nous partirions après
le dîner. Pendant le repas, Pierre me regarda d'une manière significative, à laquelle, cependant, je ne compris d'abord
pas grand'chose; mais je ne tardai pas à savoir ce qu'il avait voulu dire : j'étais à
me creuser la cervelle pour deviner quelle
avait pu être l'intention de mon ami
Pierre, lorsque le cocher vint nous raconter d'un air dolent que le grand ressort de la calèche était cassé en deux
endroits. Il était impossible de faire venir une voiture de Nantes, et nous pa-

raissions assez peu disposées à nous embar-
quer dans une charrette de la ferme. Les bons fermiers insistèrent d'ailleurs tellement pour que nous restassions encore une nuit, nous protestant, ainsi que les deux garçons, qu'ils étaient heureux de se déranger pour nous garder, que nous nous laissâmes persuader, après nous être fait prier tout juste autant qu'il le fallait pour que l'on ne se doutât pas du plaisir que nous avions, Henriette et moi, à ne pas retourner à Nantes sans avoir renouvelé les passe-temps de la nuit précédente.

» Je vis à l'air triomphant qui se peignit dans tous les traits de maître Pierre, qu'il était l'auteur du crime commis sur notre calèche. Un coup-d'œil que je lui lançai pour lui faire voir que je l'avais compris et que je le remerciais de son in-

génieuse idée, lui causa une telle joie
et lui fit faire tant d'extravagantes démon-
strations, que je craignis qu'il n'éventât
la mêche ; une de nos compagnes lui demanda, d'un ton où je crus découvrir une
intention marquée, si l'accident qui nous
arrivait était une chose si heureuse, pour
qu'il parût si satisfait en l'entendant annoncer. J'eus peur qu'il ne s'empé-
trât dans ses réponses ; mais il s'en tira
assez bien en lui disant que c'était chose
si rare de voir des personnes aussi dis-
tinguées à la ferme, qu'il croyait pouvoir plutôt se réjouir de l'honneur que
nous faisions à ses parens, que déplorer
la perte d'un misérable ressort à laquelle
madame R..... ne pensait déjà certainement plus.

» — D'ailleurs, ajouta-t-il gaîment, et
pour reprendre le langage qui lui était

habituel, le carrossier de madame est mon compère; c'est une aubaine pour lui, et je m'en réjouis d'avance.

» On se promena après le dîner; je saisis la première occasion de parler à Pierre à quelque distance des autres. Il me confirma dans ma conjecture ; j'eus d'abord envie de le gronder; mais il me montra tant de crainte de m'avoir déplu, que je fus obligée, pour le consoler, de lui laisser voir tout le plaisir que j'éprouvais. Cet excellent jeune homme avait toute la simplicité d'un enfant unie à la virile beauté d'un homme fait. Il m'apprit qu'après avoir fait le coup, songeant à la conséquence naturelle, il avait été retirer un matelas du lit de son père, qu'occupaient nos deux amies, afin, disait-il, de pouvoir me recevoir plus convenablement dans son pauvre grenier.

Nous dîmes beaucoup de folies, et je le quittai pour rejoindre la troupe.

» J'allais quitter l'allée que j'avais suivie avec Pierre, lorsqu'au détour, je vis débusquer de derrière la charmille qui la bordait, madame de Saint-D..., celle qui avait interpellé le jeune homme pendant le dîner.

» Je restai assez étonnée de la voir seule, et je conçus aussitôt une inquiétude assez naturelle ; elle pouvait avoir entendu toute la conversation que j'avais eue avec le fils du fermier, et elle avait été on ne peut plus claire. Madame de Saint-D... s'aperçut de mon embarras, et elle s'empressa, non de me rassurer, mais de me prouver que mes craintes n'étaient que trop fondées. Cette femme, que je ne connaissais du reste que fort peu, avait **toujours été mon antipathie**. J'avais souvent fait la guerre à Henriette sur sa liaison avec elle, ainsi qu'avec madame P..., qui l'accompagnait dans notre partie. Madame R... m'avait toujours répondu qu'elle ne l'aimait pas plus que moi, mais qu'elle la craignait.

» Madame de Saint-D... était en effet la plus méchante femme du monde : libertine sans passions, elle avait une de ces] réputations qu'il n'est jamais permis à une femme d'avoir. Je ne fais pas grand cas de la pruderie, ni même de la sagesse; mais je me jetterais par dessus le Pont-Neuf, si je savais que l'on dit de moi ce que l'on disait d'elle.

» Je ne fus donc que médiocrement réjouie de l'aspect imprévu de madame de Saint-D..., et surtout de la harangue qu'elle jugea à propos de me tenir sans autre préambule :

« — Madame, me dit-elle, il me paraît que vous vous consolez facilement de l'accident à l'aide duquel vous nous retenez une nuit encore dans ce taudis!...

» — Je vous retiens, madame! dis-je en prenant un air digne pour cacher l'embarras où j'étais; je ne comprends pas l'expression.

» — Allons donc, madame, dit madame de Saint-D..., je suis au fait : vous avez passé la nuit avec monsieur Pierre, Henriette avec monsieur Jean, et monsieur Pierre a eu l'heureuse idée de briser le ressort de la calèche pour vous forcer à demeurer une autre nuit à la ferme. Vous voyez bien que je sais à quoi m'en tenir; et pour vous éviter la peine de me dire que j'ai mal deviné, je vous dirai que je suis là depuis un

quart-d'heure , et que j'ai tout entendu.

» — Eh bien, madame, m'écriai-je fu-
rieuse d'une pareille insolence à brûle-
pourpoint , à qui Henriette et moi de-
vons-nous compte ici de notre conduite ?

» — A maître André et à sa femme ,
peut-être , dit madame de Saint-D....
avec un affreux sourire qui la rendit
presque laide.

» — Allons donc, dis-je en affectant
une gaîté que j'étais loin d'éprouver, si
nous étions des hommes , et que ces jeunes gens fussent des jeunes filles , à la
bonne heure; mais je ne crois pas que
nous les ayons déshonorés.

» — Et vous comptez, dit madame de
Saint-D... en me regardant avec des
yeux flamboyans , vous comptez pas-

ser cette nuit comme vous avez passé
l'autre.

» — Vous êtes plaisante avec vos ques-
tions, dis-je en faisant un pas pour m'éloigner. Que vous importe?

» — Vous êtes donc bien bête, répliqua
madame de Saint-D... en m'arrêtant par
le bras, puisque vous ne comprenez pas
quel intérêt j'ai à vous faire cette question, et même à vous empêcher d'accomplir votre projet? La chose est pourtant
claire comme le jour : j'ai envie de ce
jeune homme, et si vous ne me le cédez
pas, je vous perds.

» — Vous me poignarderiez que je
vous refuserais, m'écriai-je emportée par
l'exaltation.

» Madame de Saint-D... me regarda
un instant en silence, fit un geste qui an-
nonçait qu'elle venait de prendre une

résolution, et me quitta sans proférer une parole.

» J'allai rendre compte de tout à Henriette, qui, connaissant le caractère de madame de Saint-D... et de sa digne amie, madame P..., me dit que nous devions nous attendre à tout de leur part.

» Elles se promenaient seules de leur côté, et paraissaient comprendre que leur société nous gênait ; aussi, dès que le jour tomba, elles prétextèrent un peu de fatigue, et se retirèrent.

» Nous ne voulûmes pas les imiter, pour ne pas affliger le fermier et sa femme, qui, pour nous divertir, avaient organisé une grande partie de loto. Nous restâmes les dernières, Henriette et moi, et quand la fermière nous donna une lumière pour aller nous coucher, on peut juger de notre stupéfaction en l'entendant nous dire :

» — Venez par ici, mesdames; vos amies ont dit qu'il était bien juste que chacune eût son tour; et que puisque notre lit valait mieux que celui de nos enfans, elles voulaient que vous y couchiez cette nuit.

» Madame R... me regarda d'un air moitié furieux, moitié plaisant; cependant je la voyais pâlir de colère.

» — Attendez-moi un instant, dit-elle en saisissant la lumière, je ne peux pas souffrir une pareille chose : j'espère qu'il sera encore temps, ajouta-t-elle en me pressant la main.

» Elle disparut; j'attendais son retour avec une véritable anxiété; elle reparut au bout de deux minutes, pâle comme la mort.

» — Montons, me dit-elle.

» Et elle m'indiquait l'escalier qui conduisait à la chambre du fermier.

» Quand nous fûmes seules, elle tomba sur une chaise, et eut une crise nerveuse que je parvins à calmer très difficilement. Enfin elle put me donner quelques explications.

» — Je ne sais, me dit-elle, comment ces imbéciles ont pris le change ; mais je suis sûre qu'ils se croyent avec nous ; les noms d'Henriette et d'Alphonsine, que j'ai entendu prononcer, ne me laissent point de doute à cet égard. Mais ce que vous n'auriez pas imaginé, c'est qu'ils sont tous les quatre dans la même chambre.

» Je ne pris pas la chose comme Henriette ; je regrettais fort ce qui s'était passé la nuit précédente, et je me sentis révoltée de ce qui se passait dans le moment. Mais je n'étais pas au bout de ce qui devait exciter mon indignation.

» Au point du jour, nous fûmes réveillées par madame de Saint-D.., qui, avec un cynisme dont une fille aurait eu honte, nous dit :

» — Je viens vous remercier toutes deux, mes belles, du cadeau que vous nous avez fait à Adèle et à moi. Je puis du reste vous féliciter toutes deux en connaissance de cause, car Adèle a voulu, comme moi, savoir à quoi s'en tenir sur votre bon goût à toutes deux : les deux frères devraient être jumeaux. L'un vaut l'autre.

» Cette belle harangue achevée, elle disparut. Avant que nous l'eussions revue, nous entendîmes le bruit des roues de la voiture que l'on nous amenait, et

que le cocher, qui était parti pour Nantes le soir même, nous avait expédiée immédiatement.

Henriette, pour se venger de madame
de Saint-D... et de son amie, imagina de
repartir sans elles ; nous nous habillâ-
mes à la hâte ; nous nous mîmes à la fenêtre, et nous fîmes signe au cocher de
rester en dehors de la ferme, d'où il
nous fut facile de sortir sans être vues ;
depuis ce jour, Henriette ne revit plus
madame de Saint-D..., ni son amie, et
ne retourna plus à sa ferme, qu'elle vendit, du reste, six mois après.

VIII.

L'aréopage, qui n'était pas encore appelé à décider la question qui s'agitait en sa présence, parut cependant assez embarrassé à la fin de l'histoire de madame D... L...; peut-être ne valait-elle pas celle de madame M...; mais on pouvait difficilelement montrer plus de cynisme. Madame D..... L..... reçut avec une modestie digne d'un grand orateur les félicitations de ses amis, et répondit par un magnifique sourire de dédain aux sarcasmes qu'elle n'entendait pas, mais qu'elle lisait dans les regards des personnes moins bienveillantes. Quand ce petit brouhaha, assez en usage dans toutes les assemblées délibérantes à la suite d'un discours marquant, eut été apaisé, la blonde madame B.... s'accouda nonchalamment sur le bord du canapé où elle était assise, et, promenant son joli regard azuré, qui était doux sans mollesse et vif sans effronterie, exclusivement sur les hommes qui se trouvaient dans l'auditoire :

« — Messieurs, dit-elle avec ce petit air impertinent qui sied si bien aux gens qui savent le porter, vous ne serez peut-être pas fâchés, après les plats au gros sel que l'on vient de vous servir, de goûter de quelque mets un peu plus fin, dont, j'ose l'espérer, la saveur ne sera pas moins piquante. Je déclare que s'il me fallait suivre ces dames sur le terrain où elles nous ont amenés, j'aimerais mieux me reconnaître battue. J'ignore les douceurs de la vie de garnison et de la vie champêtre; mais, si vous le voulez, je vous dirai une petite histoire assez drôlette qui, pour sentir bon, n'en est pas plus mauvaise. »

Les deux narratrices et leurs tenans *quand même* firent une petite grimace dédaigneuse, mais ne répondirent pas un mot. Madame B..... avait de l'esprit, on l'aimait généralement mieux que ses rivales; un léger murmure approbateur, qui accueillit son préambule, fit comprendre

à celles-ci et à leurs partisans qu'ils seraient mal venus à la plaisanter. Le président l'engagea donc, avec une impar-
tialité qui montrait qu'il était digne des
hautes fonctions auxquelles il avait été
appelé, à conter ce que bon lui semblerait et comme elle l'entendrait, et madame B..... commença son récit en ces
termes :

« — Il n'y a guère ici que madame V....
qui sache bien mon âge; elle m'a vu
naître. »

Cette phrase dite d'une voix flûtée fit
rire l'assemblée et rougir, sous l'épaisse
couche de rouge qui lui couvrait le visage, madame V...., qui avait l'habitude
de dire : nous autres jeunes femmes.

« — Je vous dirai donc que, bien que
je ne paraisse que vingt-quatre ou vingt-
cinq ans, j'en ai trente-trois, étant née

en 1763, reprit madame B.....sans paraî tre s'apercevoir de l'effet qu'avait produit sa révélation sur l'auditoire et sur madame V..... qui, à l'énonciation de la date exacte, devint de la plus belle couleur de homard. — J'ai été élevée au couvent de la rue du Bouloy. Il y avait une grande sous-maîtresse qui était plus bête que corrompue, gourmande et coquette à l'excès, et dont, avec quelques friandises et quelques chiffons, nous faisions tout ce que nous voulions. Ses complaisances se bornaient en général à nous donner une certaine liberté dont le résultat était, tout au plus, de petits péchés véniels; cependant elle doit avoir à se reprocher d'avoir compromis le salut de plus d'une d'entre nous par une certaine complaisance dont les effets étaient plus sérieux. Elle avait une cargaison de ro-

mans qu'elle prêtait en cachette à celles
qui savaient conquérir ses bonnes grâces par leur générosité. Si ce n'avaient
été que des romans purement et simplement, le mal n'aurait pas été grand; mais
dans le nombre, il y avait ce que l'on appelle généralement de mauvais livres.
Clarice Harlowe et la *Nouvelle Héloise*
eussent déjà été d'assez mauvaises lectures pour des jeunes filles de quinze
ans; mais la collection de mademoiselle
Lebrun était au grand complet. Elle avait
les romans de Crébillon, les contes de
Lafontaine, Boccace, tout l'arsenal enfin dont se sert le diable quand il veut
s'emparer de nous au moyen de la lecture.

» Toutes ces demoiselles, même parmi
celles qui étaient bien dans les papiers
de mademoiselle Lebrun, n'avaient pas

le bonheur de jouir de la faculté de se former le cœur et l'esprit à ces lectures instructives. Il n'y avait que les favorites, et celles, surtout, sur la discrétion desquelles elle pouvait compter.

» J'avais, comme on en a toujours au couvent, une amie intime qui était la fille d'un cousin éloigné de ma mère. La conformité de nos caractères, bien plus que cette parenté contestable, nous avait liées, Berthe et moi, dès notre entrée au couvent. Par une assez singulière coïncidence elle était née la même année, le même jour, à la même heure que moi. Nous avions cru voir, dans ce rapprochement dû au hasard, une volonté providentielle qui nous ordonnait de ne pas nous quitter dans la vie après y être entrées ensemble, et avoir été réunies de nouveau par une commune éducation.

J'aimais Berthe comme une sœur. Quelqu'un a dit que pour qu'une amitié
réelle puisse subsister, il faut qu'entre
ceux qui l'éprouvent il y ait des dissem-
blances notables. Il est possible que cette
observation soit juste; s'il en est ainsi,
Berthe et moi faisions exception à la rè-
gle. Son caractère et le mien étaient tellement semblables que pas une pensée ne
venait à l'une sans qu'elle fût approuvée
par l'autre; nous étions vêtues toutes deux
de l'uniforme des pensionnaires; toutes
deux nous étions blondes, blanches, toutes
deux nous avions des yeux bleus et un certain embonpoint qui nous allait très bien;
enfin, quoique nos traits n'offrissent pas
les mêmes lignes, nous nous ressemblions
comme auraient pu se ressembler deux
sœurs.

» Comme nos parens étaient fort ri-

ches et que nous étions extrêmement gâ-
tées, nous avions à notre disposition tout
ce qu'il fallait pour devenir les favorites de
la grande Lebrun. Nous avions toujours
un buffet amplement fourni des meilleures friandises qui sortissent de l'office
de mon père ou de celle de madame
P..... de la C...., la mère de Berthe. Il
n'y avait pas de pensionnaire qui eût
une garderobe aussi bien montée que
les nôtres, et l'on nous passait trop volontiers nos fantaisies pour que l'on songeât à nous en demander plus long quand
nous déclarions que nous avions fait
présent à une de nos sous-maîtresses d'un
ruban, d'une dentelle, ou de tout autre
colifichet qui ne nous agréait plus.

» Mademoiselle Lebrun n'avait donc
pas, comme on le pense bien, d'élèves
plus chéries que moi et ma compagne.

Cette fille, qui était d'une simplicité rare,
n'avait pas, en mettant entre nos mains
ses livres pernicieux, le dessein prémédité de nous dépraver et de nous perdre;
mais ayant été elle-même (ce que l'on
ignorait, à ce qu'il paraît, dans le couvent), d'une grande facilité de mœurs
dès sa première jeunesse, il lui semblait
que la destinée de toutes les femmes était
d'en passer par là, et que, la chose devant
arriver tôt ou tard, il ne fallait pas croire
que le mal dût en être attribué à ses livres
qui nous faisaient tant de plaisir, et qui
lui valaient de si bonnes aubaines. Elle
nous administrait les poisons que contenait sa bibliothèque secrète avec la même
impassibilité qu'un médecin que l'on
paierait bien cher pour administrer des
remèdes à un cadavre, et qui lui donnerait de l'arsenic ou de l'opium à forte

dose, certain que ses drogues ne feraient pas de mal à un homme bon à enterrer.

» Il arrive quelquefois que c'est l'excès contraire qui préserve du poison que recèlent ces dangereuses lectures. On comprend, en effet, que des jeunes filles, des enfans, élevées dans les meilleurs principes, avec une surveillance austère, se trouvent tout à fait dépaysées en tombant sur certains mauvais livres qu'il leur faudrait souvent un dictionnaire pour comprendre. C'était précisément le cas où nous nous trouvions, mademoiselle P..... de la C.... et moi; nous avions admirablement mordu au style passionné des romans ordinaires dont mademoiselle Lebrun avait d'abord amusé notre jeune curiosité ; pourtant il était quelques passages qui nous avaient paru tout à fait inintelligibles, malgré les explications les plus claires ; tel était, par exemple, le passage de Clarice, où il est fait mention d'une horrible maison où Lovelace conduit sa maîtresse. Nous avions demandé tout naïvement à notre chère Lebrun, ce que cela signifiait, et, tout aussi naïvement, elle nous avait répondu qu'il l'avait conduite dans une maison de filles. La glose nous parut aussi obscure que le texte ; comme nous n'étions pas encore fort avancées dans nos lectures, nous n'osâmes pas pousser nos investigations plus loin, et nous ne retirâmes pas de ce passage tout le fruit que le diable était en droit d'espérer. Notre embarras ne fut pas moindre pour l'expédient dont s'avisa Julie, dans la nouvelle Héloïse ; nous eûmes recours à notre oracle qui nous donna une réponse tout aussi catégorique, et à laquelle nous ne comprîmes pas plus qu'à la première.

» Mais, comme on le pense bien, cette candeur primitive ne pouvait résister long-temps aux lectures réitérées que la cupidité de mademoiselle Lebrun nous procurait. Les livres les plus infâmes nous furent fournis par elle, et notre ignorance diminua de jour en jour. Pourtant, je dois le déclarer, nous avions bien plus de théorie dans la tête que d'aptitude à la pratique, et nous connaissions une foule d'histoires à faire rougir un cordelier, que nous aurions été fort en peine de dire comment on fait l'amour.

» Une particularité que je me rappelle prouve, du reste, combien la pauvre Lebrun comprenait peu la portée de l'horrible conduite qu'elle tenait avec nous.

Elle nous avait prêté un livre des plus
énergiques. Le titre portait :

LES DEUX COUVENTS,
Avec 24 gravures.

» C'était une effroyable histoire de
Carmes et de Carmélites qui habitaient
deux couvents contigus. Nous la dévorâ-
mes, mais nous fûmes fort désappointées
de ne pas trouver une seule des vingt-
quatre gravures promises par le premier
feuillet. Nous nous en plaignîmes à Lebrun qui nous répondit gravement :

» — Mesdemoiselles, ces gravures sont
de la dernière indécence. Beaucoup de
mes livres en avaient de semblables; je
les ai coupées et jetées au feu. De pareils
objets ne sont faits que pour les mauvais
lieux.

» Cette délicatesse nous avait paru

très acceptable ; nous regrettâmes fort les gravures condamnées à l'autoda-fé, par cas de conscience de celle qui nous prêtait le texte, et il ne fut plus question d'être instruites, comme disent les savans, je crois, *de visu*.

» On peut se faire, cependant, une idée de la perturbation que ce texte, tout privé qu'il fût des planches explicatives, avait portée dans notre tête et dans nos sens. Malgré cela, je le répète, nous étions dévergondées sur certains points, comme des mousquetaires, et innocentes, comme nous aurions dû l'être en tout, sur certains autres. Nous n'aurions point reculé devant la proposition de passer huit jours dans un couvent de Cordeliers ou de Carmes ; mais s'il nous avait fallu définir positivement ce que nous aurions eu à leur accorder, la chose nous eût été impossible.

» Vous allez en avoir la preuve par un autre fait qu'il faut absolument que je vous raconte, parce qu'il est la base sur laquelle repose mon historiette.

» C'était en 1778, le jour anniversaire de *notre* naissance. Berthe et moi nous venions d'avoir quinze ans. Nous allâmes passer la journée chez la vieille madame P... de la C..., la grand'mère de Berthe. On parla beaucoup de Voltaire, qui venait de mourir. La vieille dame, qui était d'une dévotion exagérée, s'emporta contre le philosophe, qu'elle appelait l'Ante-Christ; et son frère, le grand-oncle de mon amie, vieux chevalier de Saint-Louis, tonna surtout contre un poëme infâme, où il avait essayé de ternir une des gloires de la France, dans une suite de saletés et d'ordures. Mon étonnement et celui de mon amie furen grands; nous ne connaissions de Voltaire que la *Henriade* et *Mérope*, et les quatre vers d'*Alzire*, qui, déjà, étaient dans toutes les grammaires :

Des dieux que nous servons, connais la différence, etc. (1).

Nous ne pouvions comprendre un mot à ce qui se disait. On nous reconduisit le soir au couvent, et nous ne quittâmes pas l'hôtel de la bonne grand'mère avec autant de chagrin que de coutume, parce que nous avions hâte de demander à

---

(1) Ces quatre vers détestables sont littéralement traduits de quatre vers anglais, très beaux et très nombreux du poète Rowe. — Si Voltaire avait rencontré dans Corneille un vers comme le premier, il n'eût pas manqué de s'écrier : *la différence des dieux! quel langage! quel style!*

Lebrun ce qu'avait fait Voltaire, et surtout quel était ce poëme qui avait si fort exaspéré le vieux chevalier de Saint-Louis.

Nous n'y manquâmes pas. La naïve sous-maîtresse nous donna toute satisfaction; elle nous apprit que Voltaire avait écrit contre la religion des livres passablement ennuyeux (elle ne les avait pas); qu'il avait en outre composé des contes et des romans qui, par contre, étaient fort réjouissans, et que le poëme qui avait si fort excité la colère de l'oncle de Berthe, avait pour héroïne la célèbre Jeanne d'Arc, et s'appelait la *Pucelle d'Orléans*.

Mademoiselle Lebrun, qui avait sans doute reluqué quelques-unes des charmantes fantaisies que nous avions rapportées à l'occasion de notre anniversaire, ajouta que si elle ne nous avait pas jusqu'alors prêté les romans et les poëmes de M. de Voltaire, ce n'était pas faute de les avoir; mais uniquement par crainte de l'effet qu'une pareille lecture pourrait produire sur nous; que, d'ailleurs, le nom seul de Voltaire, proféré dans le couvent, suffirait pour la faire renvoyer, et peut-être pis, si l'on venait à savoir que c'est par elle que nous nous sommes procuré ses ouvrages; qu'elle avait souvent été au moment de faillir à la loi qu'elle s'était imposée à cet égard, tant elle aimait à nous être agréable; mais que, par bonheur, elle avait eu la force de résister à la tentation, et qu'elle s'applaudissait de l'ignorance où nous étions à l'égard de cet écrivain pernicieux.

» Quelqu'un qui eût entendu ce dis-

cours et qui n'eût pas connu le catalo-
gue des livres que nous avait fournis
mademoiselle Lebrun, aurait pu croire
que les ouvrages que nous avions tenus
de cette complaisante personne, n'é-
taient autres que l'*Introduction à la Vie
Dévote*, *la Vie des Saints*, ou toute autre
nourriture spirituelle appropriée à notre
sexe et à notre âge. Nous aurions pu, si
nous avions eu plus d'expérience, voir
l'artifice grossier dont se servait la sous-
maîtresse pour nous monter l'imagination et nous faire payer plus cher sa
dose de poison. Mais à quinze ans, avec
les antécédens qui existaient, nous ne
pouvions avoir d'autre sentiment que
celui de la curiosité. Nos meilleures
provisions, nos plus jolies nippes passèrent de notre cabinet entre les mains de
mademoiselle Lebrun, et le soir même

nous fûmes mises en possession d'un exemplaire de la *Pucelle*, orné de notes et de variantes, et de deux gravures par chants, lesquelles, malheureusement, étaient absentes par suite de la grande mesure de précaution prise par la propriétaire des livres.

» Ce que je vais vous dire va peut-être vous paraître incroyable ; mais c'est l'exacte vérité ; quand nous eûmes lu les vingt et un chants du poëme de Voltaire, les notes et les variantes qui ne laissent rien à désirer, nous nous regardâmes Berthe et moi, et je lui demandai si elle avait compris ce que Jeanne d'Arc tenait si fort à conserver et dont le poète faisait dépendre le salut de la France. Elle me répondit que non, et nous voilà tout aussi avancées que pour Clarice et la nouvelle Héloïse.

» Nous nous adressâmes à Lebrun, elle nous rit au nez et nous dit crûment le mot : c'était le substantif formé du nom dont est qualifiée l'héroïne du poème.

» Nous étions convenues, Berthe et moi, si l'explication de Lebrun ne nous donnait pas de nouvelles lumières, de la pousser un peu et de tâcher de revenir de cette exploration un peu moins bêtes qu'en la tentant. Je regardai Berthe qui m'enhardit d'un coup-d'œil, et je dis à la sous-maîtresse en rougissant jusqu'au blanc des yeux :

» — Mais, ma chère Lebrun, vous ne nous apprenez rien de nouveau ; ce mot là est mille fois dans l'ouvrage. Ce que nous voudrions savoir c'est ce qu'il veut dire.

» Lebrun fut abasourdie ; il est évident qu'elle reculait devant l'explication ;

notre simplicité, qui avait résisté aux
monstrueuses lectures qu'elle nous avait
fait faire, était pour elle un reproche,
et elle hésita à consommer l'œuvre commencée et du résultat de laquelle la Pro-
vidence semblait avoir voulu nous pré-
server. Mais il n'était plus temps, notre
curiosité ne lui laissa pas le temps de
s'affermir dans cette bonne résolution;
ce que la corruption avait gâté en nous
à notre insu, se faisait jour avec tant de
violence, que ce qui était resté pur était
éclipsé et jeté dans l'ombre. Mademoiselle Lebrun, vaincue par nos prières et
par de nouveaux cadeaux, nous fit un
cours très détaillé qui nous fit rougir
plus d'une fois; et quand nous la quittâmes, nous savions parfaitement, en
théorie, ce que c'était que la qualifica-
tion donnée à Jeanne-d'Arc, ce que c'é-

tait que d'être ce qu'elle était, et ce
qu'il fallait faire pour cesser de l'être.
Tout d'un coup les effroyables lectures
que nous avions faites, et que souvent
nous abandonnions comme vides de sens
pour nous, apparurent à notre imagina‑
tion qui fut d'abord révoltée de tant
d'images obscènes, mais qui avait été tel‑
lement saturée de toutes ces horreurs,
qu'elle finit par les accepter; le mal
était fait. Les révélations de Lebrun,
nous rendant désormais intelligibles les
scènes les plus licencieuses, nous nous
accoutumâmes, peu à peu, à trouver ces
choses là toutes naturelles, et il ne nous
manquait plus que l'exécution pratique
d'une théorie que nous possédions à
fond.

» Voici, maintenant, quel fut le ré‑
sultat des connaissances que nous avions

acquises, et ce qui produisit l'anecdote
que j'ai promis de vous raconter. Quand
nous nous fûmes parfaitement rendu
compte des divers états par lesquels la
femme passait successivement, et que
nous eûmes constaté à nos propres yeux
que nous étions parfaitement ce que
Jeanne d'Arc devait être pour que la
France fût sauvée, il nous eût été pénible de mourir avec ce précieux trésor, et
si la mort eût été prochaine, nous eussions, comme la fille de Jephté, demandé le temps de pleurer sur notre virgi-
nité. La nature avait mis en nous un
penchant très prononcé pour le plaisir.
Quand j'étais seule avec Berthe, nos
conversations étaient un reflet de nos
lectures, et comme nous nous plaisions à
multiplier les rapports que le hasard
avait établis entre nous, il nous vint en

tête l'heureuse idée, pour que l'harmonie qui existait entre nos deux personnes ne fût pas détruite, de nous engager, par un serment solennel, à passer, le même jour, de l'état de fille à l'état de femme.

» Nous avions seize ans quand on nous retira du couvent; au bout d'un mois Berthe fut demandée en mariage par le comte de Ch.....; les préparatifs se firent avec éclat, et il fut convenu que le mariage serait célébré au château de....., que possédait monsieur P..... de la C....., à quelques lieues de Paris.

» Comme on le pense bien, je fus désignée comme demoiselle d'honneur de mon amie, qui était presque ma cousine. Tout se passa à merveille; le comte était un homme de bonne mine, qui paraissait fort amoureux de Berthe, laquelle

ne semblait pas le voir d'un mauvais
œil.

» Dans la journée, après le dîner,
Berthe me prit à part et me dit quand
nous fûmes seules :

» — Louise, je viens de me marier ;
ce soir je serai tout-à-fait la femme de
monsieur de Ch.....; et notre serment ?

» — J'y ai bien pensé, lui dis-je, mais
je crois que nous serons obligées d'y
manquer.

» — Cela me portera malheur, me dit
Berthe du ton le plus naïvement sérieux.

» Je ne pus m'empêcher de rire.

» — Mais, repris-je, je ne vois pas trop
comment il en serait autrement ; à
moins, continuai-je avec une légèreté
qui était le fruit de la corruption que
les lectures du couvent avaient jetée

dans mon âme, et dont je ne me rendais
pas compte le moins du monde — à moins
que ton mari ne me rende le même service que celui qu'il te rendra à toi-même.

» Berthe ne parut pas goûter extrêmement cette proposition. Je l'embrassai en
l'assurant que j'avais plaisanté, et je lui
dis gaîment :

» — Consolons-nous, ma pauvre Berthe, j'aurai mon tour, n'y pensons donc
plus.

» — C'est que, reprit Berthe, j'y ai
beaucoup pensé, au contraire, je ne suis
pas une égoïste. Est-ce que tu ne vois
personne....?

» — Ah ! m'écriai-je en l'interrom-
pant, il y a bien le chevalier de R....,
mais il n'est pas ici.

» — C'est fâcheux, dit Berthe aussi sérieusement que si nous avions discuté

üne question toute simple. Mais j'avais
pensé... que... mon frère.

» — Henri, m'écriai-je en riant. C'est
un enfant.

» — Il a un an de plus que nous, dit
Berthe; et il ne demande pas mieux.

» — Tu le lui as donc demandé?

» — Oui, murmura Berthe en rougissant beaucoup, il te trouve charmante,
et si tu tiens à notre serment...

» Je ne voyais Henri que fort rarement. Il était élevé par un précepteur
qui était un abbé honnête homme, et qui
le surveillait consciencieusement; je n'a-
vais jamais pensé au frère de Berthe que
comme on pense à un enfant. Mais il se
présenta immédiatement à ma pensée
avec toutes ses grâces, sa jolie taille déjà
développée, ses grands yeux noirs que
je trouvai pour la première fois tendres

et passionnés; je sentis mon cœur battre avec violence; un nuage monta devant mes yeux, et je ne pus trouver un mot à dire à Berthe, tant j'étais troublée de ce que je venais d'entendre.

» — Eh bien, me dit-elle, que dirai-je à Henri?

» — Est-ce que tu oserais si tu étais à ma place? lui dis-je enfin d'une voix mal assurée.

» — Oui, me dit-elle résolument.

» — Mon Dieu, lui dis-je avec naïveté, je ne demanderais pas mieux, mais à présent, je ne sais pourquoi, j'ai peur.

» — C'est que tu ne m'aimes pas, dit Berthe avec un dépit comique.

» Je me mis à pleurer. Berthe me serra dans ses bras, nous nous parlâmes à peine, mais quand elle me quitta après m'avoir tendrement embrassée et que j'eus la conscience de ce qui venait de se passer, je me rappelai que je venais de lui permettre de dire à Henri que la porte de ma chambre serait ouverte la nuit prochaine.

» Au souper, je vis Henri : il était radieux ; je baissais les yeux et je me sentais agitée du même trouble que j'avais souvent éprouvé quand, plus instruite par les révélations de mademoiselle Lebrun, je lisais quelques-uns des livres qu'elle continuait à nous prêter. La soirée me paraissait d'une longueur interminable, et cependant quand je montai dans l'appartement qui m'était destiné, il me sembla que j'aurais encore voulu reculer l'instant décisif. Je tremblais comme une feuille. Ma femme de chambre couchait dans une pièce qui précé-

dait la mienne ; mais Berthe m'avais appris, dans la conférence où elle m'avait
arraché mon consentement, que dans la
chambre où je couchais, il y avait une
petite porte qui donnait sur un corridor
de dégagement, et c'était cette petite
porte que j'avais promis d'ouvrir.

» Je congédiai bien vite ma femme de
chambre, prétextant une grande envie
de dormir, ce qui était assez naturel, du
reste, après la journée assez fatigante
que je venais de passer. Lorsque je fus
seule, j'allai doucement pousser le verrou de la porte qui menait à la chambre
où couchait mademoiselle Justine ; puis
je m'arrêtai tout court, saisie d'un trem-
blement épouvantable. Rien ne peut pré-
ciser ce qui se passait en moi : c'était un
choc d'idées de libertinage et de pu-
deur, de craintes et de désirs qui me

troublait au dernier point. J'étais brûlante; un instant je résolus de manquer à ma promesse, et par un vertueux retour sur moi-même, je m'élançai dans mon lit et soufflai ma bougie, pour ne pas me donner le temps de la réflexion. Mais hélas! toutes ces bonnes résolutions furent perdues; Berthe qui, avec une sagacité qui faisait honneur à son jugement, avait craint ce qui arrivait, était venue avec son frère dans ma chambre après m'avoir quittée et, par mesure de prudence, avait ôté la clé de la serrure, tandis que le jeune homme enlevait, sans bruit, le verrou que j'avais promis de tirer. Je n'avais pu me douter d'une pareille précaution. Je savais que le verrou était mis et que la porte était fermée à double tour. Je n'avais donc pas jugé à propos d'aller vérifier si toutes choses étaient en état, ce que, cependant, après ma vertueuse résolution, je n'aurais pas manqué de faire si j'avais eu mon sang-froid.

« Quand je fus couchée, loin de se calmer, mon agitation redoubla. Je sentais ma tête qui se perdait ; l'obscurité ne contribuait pas peu à me troubler : tout à coup je crus entendre le bruit que fait une porte que l'on ouvre avec précaution. Je me jetai à bas de mon lit, et je me dirigeai vers la petite porte : au milieu de la chambre je me heurtai contre quelque chose. Je poussai un petit cri. Presque en même temps, je sentis un bras m'envelopper, tandis que le possesseur de ce bras me couvrait la bouche de son autre main, et me disait à voix basse en me couvrant de baisers :

« — Louise, mon ange, n'ayez pas peur, c'est moi, Henri ?

» Je saisis la main de Henri, et la lui serrant avec force, je lui dis bien bas, mais d'un accent résolu :

» — Henri, si je vous priais à genoux de sortir, m'obéiriez-vous ?

» — Peut-être, dit-il; maîs vous ne me le direz pas.

» — Et pourquoi cela ?

» — Parceque je vous aime de toute mon ame, et que je mourrais si vous le disiez.

» On dit ces choses là de bonne foi à dix-sept ans, et à seize on les écoute de même. Je sentis que je voudrais en vain me montrer sévère. Je gardai le silence, et à un baiser de Henri, je crois que je répondis sur le même ton.

» *Daignez m'épargner le reste*. Il est cependant une particularité que je ne puis
omettre, parceque ce n'est pas ce qu'il
y a de moins piquant dans cette petite
aventure. Henri qui, comme pratique,
n'en savait pas plus long que moi, et qui
n'avait pas fait ses classes en droit érotique
sous un habile maître comme mademoiselle Lebrun, était loin d'être aussi ferré
que moi sur la théorie. Je lui en appris
donc pour le moins autant qu'il m'en apprit. Nous fûmes malheureusement, par
prudence, obligés d'abréger la leçon;
mais au bout d'un mois, nous étions tous
deux de première force.

» Berthe me sut gré de la conscience
avec laquelle j'avais tenu mon serment.
Plus tard une ridicule jalousie nous
brouilla; je l'ai vivement regrettée;

nous étions faites pour nous aimer et nous comprendre. »

L'assemblée accueillit cette petite histoire avec une grande faveur ; certes, elle ne pouvait passer pour édifiante, mais elle n'était pas, comme le disait madame B....... assaisonnée de gros sel, comme celles de madame M....... et de madame D..... L. .. .. Bref, soit qu'elle eût véritablement fait plus de plaisir, soit esprit de parti, le président M......d, après avoir consciencieusement recueilli les avis, proclama madame B....... victorieuse.

Il rappela ensuite à madame H...... ce qu'elle lui avait promis ; mais celle-ci, qui aurait pu s'exécuter en toute sécurité, ne voulut pas, elle qui était la maîtresse de la maison, troubler la joie de

celle qui avait vaincu. Elle se contenta
de dire à M......d.

« — Si je voulais vous raconter quelque chose de plus fort que cela, j'ai dans
mon sac une histoire où se trouvent
réunies, augmentées et corrigées, les trois
histoires que vous venez d'entendre. »

IX.

Lorsque le consulat eut remplacé le
Directoire, le changement qui s'était
opéré dans le gouvernement se fit sentir,
par contre-coup, dans les mœurs de la
société. Les boudoirs et les salons ne se

fermèrent pas comme sous la Terreur,
mais ils s'épurèrent, du moins quant à la
forme ; la gaîté, la galanterie même res-
tèrent à l'ordre du jour ; mais la licence
fut bannie. Le temps était passé où des
femmes, célèbres par leur beauté, osaient
se promener en public, en plein jour,
sans mettre entre leurs charmes et les
yeux des curieux, d'autre rempart qu'une
gaze tellement transparente qu'on pouvait, en les voyant vêtues ainsi, dire que
l'on les avait vues nues. On portait bien
encore des robes à la grecque, mais il n'é-
tait plus permis de pousser la rigoureuse
imitation du costume antique, jusqu'à
retrousser la robe au-dessous du genou et
laisser voir un pied chaussé d'une simple
sandale, aux doigts nus duquel brillaient des bagues de diamant. Le premier consul, qui venait de poser la pre-

mière pierre de l'édifice colossal qu'il allait fonder, sentit que cette corruption, signe ordinaire de décadence chez toutes les sociétés qui avaient cessé d'être, ne convenait pas à un empire naissant. Et puis les saturnales, dont, pendant trois années, la France avait été le théâtre, n'étaient pas dans les mœurs de notre nation. Les réputations que l'on fait aux peuples ne sont jamais usurpées. La galanterie, dans l'acception honnête du mot, est un des caractères distinctifs du Français, et il y a aussi loin de la galanterie aux orgies de l'époque qui s'écoula entre la Terreur et le Consulat, qu'il y a de distance entre une femme aimable et distinguée, avec laquelle on a une liaison dans le monde, et une fille dont on achète les complaisances un louis ou dix louis, plus ou moins.

Ceci ne veut pas dire qu'au froncement du sourcil de Bonaparte, les femmes aient congédié leurs amans, fait vœu de chasteté, été fidèles à ce vœu téméraire, et mérité, comme les matrones de l'ancienne Rome, que l'on gravât sur leur tombe :

Elle vécut chez elle et fila de la laine.

Point : les femmes eurent des amans, les hommes ne manquèrent pas de maîtresses, mais on s'arrangea [de manière à ce que le scandale ne fut plus à l'ordre du jour. Ainsi, on n'était plus exposé à entendre, dans un salon, des récits de la nature de ceux que la fidélité dont doit se piquer l'historien, m'a imposé l'obligation de reproduire ; les hommes comme

D. ..., l'ami de Barras, n'avaient point disparu de la face de la terre ; Paris en comptait peut-être plus encore ; mais ils ne faisaient plus gloire de leur ignonomie, et les honnêtes gens leur tournaient le dos. L'ordre, en un mot, commençait à remplacer le désordre.

Mais, pour être contenu dans de justes bornes, l'amour ne perd pas ses droits : le Minotaure (1) en comptant ses victimes, ne s'apercevait pas que ses recettes eussent baissé. Les choses allaient leur train comme par le passé, et pour ceux qui étaient au fait de la chronique du jour, ce n'était pas un médiocre divertissement que d'entendre certains maris, à qui rien ne manquait pour être des

(1) Il n'est personne qui n'ait lu la *Physiologie du mariage*, de M. de Balzac. La métaphore ingénieuse de ce grand écrivain est aujourd'hui tellement acceptée, qu'il serait puéril d'en donner l'explication.

plus haut placés dans la confrérie, s'é-
crier, en se frottant les mains :

— Parbleu, depuis que Bonaparte est
au pouvoir tout est pour le mieux : il a
fait raison de cette ignoble licence qui
régnait sous les autres ; à présent, au
moins, on est tranquille.

Tant qu'il y a de la galanterie, la ruse
et les bons tours sont de rigueur. Quand
ils n'ont pas d'autres résultats que de
minautoriser le mari, il n'y a pas grand
mal, puis c'est chose inévitable ; mais
quand les choses vont plus loin, elles laissent d'éternels regrets à tous ceux qui
prennent part à ces plaisanteries.

Un certain monsieur F......, Danois
de naissance, et qui était venu faire du
commerce en France, où il s'était fixé
depuis l'âge de vingt ans, avait acquis, à
Marseille, une grande fortune dans la

fabrication du savon. Il vint à Paris vers la fin du Directoire, et se maria avec une charmante jeune fille qui ne lui apporta pas de fortune, mais dont il était passionnément amoureux. M. F...... n'avait alors que quarante-deux ans ; il était d'une haute stature, avait de beaux traits, des cheveux blonds, beaucoup de vivacité, si bien qu'on lui aurait donné dix ans de moins que ce qu'il avait réellement. C'était, en outre, le meilleur des êtres, et il était loin de manquer d'esprit et d'agrément ; il était même très bon musicien. Tous ces avantages ne furent pas ce qui engagea mademoiselle d'A....... à l'épouser.

Mademoiselle d'A......., avec un air froid comme une glace, renfermait en elle le germe de toutes les passions. Du reste, elle était charmante, et, quoique sans fortune, elle était demandée par un grand nombre de prétendans. Ce fut elle qui arrêta son choix sur monsieur F.....; sa mère penchait assez pour un jeune homme d'une grande famille, récemment rentré en France, et qui avait été assez heureux pour sauver une belle fortune. Madame d'A...... avait même remarqué que le jeune comte de N..... ne paraissait pas déplaire à sa fille ; mais mademoiselle qui, sans doute, avait déjà ses projets, et qui prévoyait que le bon caractère de monsieur F...... lui assurait une domination absolue, déclara queson choix était irrévocablement fixé, et qu'elle accordait sa main à monsieur F........

Le mariage se fit promptement. Mademoiselle d'A.... se montrait fort impatiente d'en finir. Le bon F.... avait la candeur d'attribuer cet empressement à la tendresse qu'il croyait avoir inspirée à sa future, et il pouvait, sans être trop présomptueux, avoir cette croyance, attendu que Camille ne se faisait faute de le lui laisser entendre, et même de le lui dire en propres termes. Les gens plus clairvoyans pensaient que, fatiguée de la médiocrité dans laquelle elle avait toujours vécu, elle voulait hâter le plus possible le moment où elle devait jouir d'une opulence qu'elle avait toujours désirée. Si quelqu'un avait pu lire dans le cœur de mademoiselle d'A...., il y eut vu que cette jeune fille ne songeait pas plus à celui qui allait être son mari qu'au grand turc; que, bien que la fortune de M. F..... fût fort belle, ce n'était pas non plus ce qui lui donnait un si grand désir d'être mariée; mais qu'elle

ne souhaitait être madame F... que pour
avoir son indépendance ; qu'elle ne
voyait le mariage que comme un moyen
de devenir libre, et c'était à cette liberté
qu'elle aspirait avec tant d'ardeur.

Madame F....; était charmante ; son
mari déclarait qu'il était le plus heureux
des hommes ; et, immédiatement après
son mariage, la chose était vraie. F.....
était un très bel homme ; Camille l'accepta comme tel, pendant les six premiers mois de leur union. Mais elle ne
tarda pas à s'en dégoûter, et comme,
pour elle, son mari n'était qu'un homme
comme un autre, le pauvre F...., si bien
fêté dans le commencement, se vit tout
d'un coup traité avec une froideur dé-
sespérante.

Madame F.... cependant avait une tactique assez adroite. Dès le premier jour

elle avait exigé que son appartement fût distinct de celui de son mari; mais il y avait un libre accès à quelque heure que ce pût être. Depuis son refroidissement elle ne lui avait pas interdit l'entrée de sa chambre à coucher, mais l'accueil qu'elle lui faisait n'était pas de nature à engager le pauvre homme à profiter du droit qu'on lui accordait. Peu à peu il finit par ne se présenter qu'en tremblant chez sa femme; puis il n'y vint plus que de loin en loin; enfin ses visites conjugales devinrent si rares qu'elles pouvaient être regardées comme nulles.

L'adroite Camille n'avait commencé sa manœuvre que lorsqu'elle avait été certaine de son empire sur l'esprit du bon monsieur F...; une fois assurée de son pouvoir, elle ne s'était plus gênée, car, il faut bien le dire, dans les six mois pendant lesquels F.... eut tant à se louer de sa femme, il y en avait au moins trois qui n'étaient que de l'hypocrisie.

Monsieur F..... n'était ni un Othello, ni un Georges Dandin ; s'il était facile de le tromper, c'est parce que sa bonne ame ne pouvait supposer le mal. Mais il ne faut pas croire que ce fût un niais. Dans les belles organisations la jalousie n'exclut pas la confiance. L'annonce ou la preuve de la trahison d'une femme aimée peut être poignante, et porter un homme à de terribles excès ; mais aussi ce même homme qui tuerait l'infidèle, rougira de la soupçonner sans motif, et lui laissera toute liberté, plein de confiance en celle qu'il aime.

Camille avait bien étudié le caractère de son mari et elle s'était exactement rendu compte de ce qu'il était. Elle avait vu que M. F.... n'était pas un nigaud à qui l'on ferait croire que des vessies sont des lanternes, mais que c'était un homme d'une confiance d'enfant, qui ne cherchait pas à voir si on le trompait, et que, pourvu que l'on se donnât la peine de le tromper adroitement, rien ne serait plus facile que d'y réussir. La besogne de madame F.... se réduisait donc à présenter à son mari toutes ses actions d'une manière acceptable et vraisemblable. Cette précaution prise, madame F...., chaperonnée par la confiance de son mari, était cent fois plus libre que si elle eût été veuve.

Elle commença par mettre sur le compte de sa santé la réserve qu'elle réclamait de M. F..., à l'égard de ses visites conjugales. Si la *Physiologie du mariage* eût été écrite alors, M. F... eût été prémuni, par les avis de l'écrivain , contre cette tactique de la femme, et il eût envoyé promener le médecin, cet auxiliaire que M. de Balzac dénonce comme l'un des plus redoutables , quand l'impitoyable docteur lui signifia qu'il devait, s'il aimait sa femme, la ménager beaucoup. Le pauvre F... fut très-effrayé et promit au perfide docteur une soumission entière à ses ordonnances.

C'était au profit du comte de N..., celui que madame d'A... voulait faire épouser à sa fille, et que Camille, ainsi que l'avait remarqué sa mère, ne voyait pas d'un œil indifférent, que cet artifice fut imposé au malheureux F..., et, depuis un an que durait la liaison du comte et de madame F..., M. de N... était le seul qui pût se vanter de lui avoir aidé

à donner des coups de canif dans le con-.
trat.

Mais tout passe : madame F... se mit
un jour en tête qu'il était ridicule de
rester fidèle à son amant plus longtemps
qu'elle ne l'avait été à son mari, et elle
laissa voir à M. de N..... qu'elle était
lasse de lui.

M. de N..., qui avait pris la chose au
sérieux, et qui aimait Camille tout de
bon, se fâcha, se désespéra, pleura ; madame F... se borna à lui rire au nez, et
à le prier de la laisser en repos. Jamais un
homme n'est plus amoureux d'une femme,
que le jour où elle ne veut plus de lui ,
et jamais une femme n'éprouve plus d'é-
loignement pour un homme , que lorsque cet homme, après avoir été son
amant, répond, en recevant son congé,

qu'il veut rester son amant malgré elle.
C'était le cas de Madame F... et de M. de
N... Le comte jura que rien ne serait capable de le faire renoncer à sa chère Camille; qu'il se tuerait plutôt que d'y songer, et que, si on voulait l'y contraindre,
il tuerait M. F... et quiconque aurait la
prétention de l'amener à un pareil. résultat. De son côté, madame F..., après
avoir ri au nez de M. de N..., s'impatienta,
lui fit fermer sa porte, et protesta que
rien au monde ne la ferait consentir à re-
nouer une liaison qui lui pesait; elle allait jusqu'à dire que, tyrannie pour tyrannie, elle aimerait mieux retourner à
son mari : cc qui prouve que, dans la colère, on dit une foule de choses que l'on
n'a pas la moindre envie d'exécuter, car
M. de N... n'avait pas plus le dessein de
tuer M. F..., que madame F... n'avait

l'intention de rendre à celui-ci les droits
dont elle l'avait dépossédé.

Elle espéra d'abord que M. deN..... se
calmerait, et elle tint bon. Mais comme
elle n'était pas femme à demeurer longtemps sans mari et sans amant, elle mit
fin au noviciat d'un jeune aide-de-camp
du premier consul qu'elle laissait soupi-
rer depuis un mois, et qui s'appelait le
colonel T.....

Une des singularités du caractère de
cette femme, c'était que sans être capable d'aimer véritablement, elle se mon-
tait facilement la tête dans le commencement d'une intrigue, et qu'elle se trompait elle-même sur le sentiment qu'elle
éprouvait. Elle prenait son effervescence
pour de l'amour, et il était difficile que
ceux qui occasionnaient ces transports
n'y fussent point également trompés.

Ainsi, quand elle se maria avec M. F......,
au bout de deux ou trois jours Camille
crut aimer son mari à la folie : cela ne
dura pas ; mais elle l'avait cru franchement pendant quelque temps. La même
chose avait eu lieu à l'égard du comte de
N...... ; et elle se trouvait tout à fait
dans la même position pour le colonel
T.....

M. de N...... qui s'aperçut bien vite
qu'on lui avait donné un successeur,
quoiqn'il ne sût pas à qui il devait s'en
prendre, devint presque fou d'amour et
de jalousie. Il écrivit lettres sur lettres ;
se présenta vingt fois par jour chez madame F...... sans se rebuter de trouver
la porte fermée. Enfin, jamais amant
congédié ne déplora son martyre sur plus
de tons que l'amoureux M. de N.....

Madame de F....., qui était alors dans

le paroxisme de son amour éphémère
pour le colonel, s'irrita de cette persis-
tance du comte, et, ce qu'elle n'eut jamais fait dans son état normal (non par
délicatesse, mais par calcul), elle résolut
de s'en débarrasser de quelque manière
que ce fût.

M. de N..... venait de lui écrire une
lettre plus pathétique que toutes celles
qu'il lui avait adressées depuis quinze
jours ; elle la déchira en mille morceaux
et se mit à son secrétaire, les lèvres trem-
blantes de colère.

Une heure après, M. F...... recevait
le billet suivant, tracé d'une écriture
minutieusement contrefaite.

« Monsieur,

» Le comte de N..... est l'amant de vo-

» tre femme. La personne qui vous donne
» cet avis en a des preuves qui lui per-
» mettent de vous le donner en toute
» conscience. Au surplus, le comte ne
» s'en cache pas. Demandez-le lui à lui-
» même ; il vous confirmera ce que j'ai
» l'honneur de vous apprendre. »

Le délire seul avait pu inspirer une pa-
reille démarche à madame F....., car c'était elle qui avait écrit cet étrange billet. L'insensée n'avait vu qu'une chose, c'était d'être débarrassée de l'obsession de M. de N... Son amant seul ou son mari pouvaient lui rendre ce service ; elle ne voulait pas exposer le premier ; elle se servit du second.

— Au moins, dit-elle, il m'en déli-
vrera.

M. F......, qui était l'honneur même,

ne crut pas d'abord devoir ajouter foi à une dénonciation anonyme, qu'il prenait pour une odieuse calomnie. Il allait donc anéantir le fatal billet, lorsqu'une pensée vint le frapper au cœur. « *Le comte ne s'en cache pas*, disait la lettre, *demandez-le lui à lui-même..... »*

— Il ne s'en cache pas! dit M. F.....; il l'a donc dit publiquement!

A cette pensée, il sentit tout son sang refluer vers son cœur; il recevait l'outrage dans toute son horreur. Il monta en cabriolet et se rendit chez le comte.

— Ce que j'ai de mieux à faire, pensat-il, c'est de suivre le conseil que l'auteur de cette lettre me donne, pour me persiffler, sans doute. C'est toujours le meilleur parti à prendre en pareil cas.

Le comte était chez lui, et seul, quand on annonça M. F...... Celui-ci était si pâle, que M. de N..... comprit tout de suite quel était le sujet qui l'amenait. Il se rendit maître de son émotion, et, s'avançant vers M. F....., il lui dit du ton le plus tranquille :

— Eh ! mon cher F....., quel bon vent vous amène ?

M. F....., pâle comme un mort, avait les dents tellement serrées, qu'il fut obligé de faire un violent effort pour dire à M. de N..... :

— Monsieur le comte, veuillez avoir la bonté de faire défendre votre porte ; j'ai à vous parler en particulier.

Si l'aspect de M. F..... eût pu laisser quelques doutes à M. de N....., ce début ne lui permettait pas d'en conserver. Il redoubla donc de sang-froid, déterminé à repousser toute espèce d'injonction par une raideur équivalente, et à envoyer

promener ce mari, qui lui paraissait avoir
le mauvais goût de ne pas vouloir qu'il
fût l'amant de sa femme. Il donna donc
ses ordres conformément aux désirs de
M. F....., et, l'ayant invité à s'asseoir,
attendit en silence ce qu'allait lui dire
le mari de Camille.

— Monsieur le comte, dit enfin celui-
ci, je vous ai toujours cru un homme
d'honneur.

— Et vous avez bien fait, monsieur,
dit fièrement le comte.

— Et quelle est votre opinion à mon
égard sur cette question? reprit M. F....

— Exactement la même que celle que
vous venez d'émettre à l'égard de moi,
dit le comte avec une expression qui ne
permettait pas de douter de la franchise
de sa réponse.

— Eh bien! monsieur le comte, poursuivit le négociant, je vous donne ma parole d'honneur, que si vous m'attestiez sur la vôtre qu'un fait quelconque est faux ou vrai, je n'en demanderais pas davantage, et que je me tiendrais pour assuré, selon votre réponse, de la vérité ou de la fausseté de l'assertion.

M. de N....., qui voyait où F..... en voulait venir, garda le silence et se contenta de saluer en signe d'assentiment.

— Mais, continua le mari, qui semblait comprendre ce que signifiait cette réserve, je vous avoue que, dans le cas où vous refuseriez de répondre catégoriquement à ma question, je regarderais votre silence comme une affirmation.

— Et si la chose n'était pas à ma connaissance? dit le comte avec un aplomb qui faillit empêcher le Danois d'aller plus loin.

— Malheureusement, reprit celui-ci, c'est une question qui vous est personnelle que j'ai à vous soumettre. C'est donc à votre honneur que je fais appel, monsieur le comte, quand je vous somme de me dire si ce que ce billet contient est une calomnie ou l'expression de la vérité.

F....., plus blanc que le papier qu'il tira de sa poche, tendit la lettre anonyme au comte, qui la lut trois fois en silence, sans que l'émotion qu'il éprouvait se trahît sur son visage.

F....., cependant, l'observait attentivement. Quand le comte eut achevé sa lecture, qu'il n'avait peut-être prolongée que pour se donner le temps de maîtriser son trouble et d'assurer sa voix, il releva la tête et dit à M. F..... avec assez de calme :

— Malgré ce que vous m'avez fait l'honneur de me dire, monsieur, il est une question préjudicielle que je ne puis me dispenser de vous adresser. Je sais aussi bien que personne quels sont les devoirs d'un homme d'honneur; mais, avant de vous répondre, permettez-moi de vous demander quel usage vous comptez faire de ma réponse dans l'un ou l'autre cas?

— Je n'aime point tous ces préambules, monsieur le comte, dit F..... avec impatience; cependant, je crois pouvoir vous satisfaire. Dans le cas de négative sur l'honneur, je vous demanderais pardon de vous avoir dérangé, et je me retirerais sans arrière-pensée, je le jure; dans le cas contraire, je vous défendrais de remettre les pieds chez moi; et si ma

conduite vous offensait, je vous en don-
nérais toute sorte de satisfaction.

— Puisque vous avez été assez bon
pour répondre à ma question, permettez-
moi de ne pas conserver de doute : vous
m'affirmez sur l'honneur que telle serait
votre conduite dans les deux cas ; ou
dans le cas où je me tairais ?

— Oui, monsieur le comte.

— Eh bien, monsieur, dit le comte,
permettez-moi donc de ne pas me prononcer. Dieu seul sait où est la vérité.

Cette réponse ambiguë parut à M. F....
ce qu'elle était effectivement, c'est-à-
dire un persifflage. De pâle qu'il était,
il devint pourpre.

— Gardez vos plaisanteries pour ceux
qui les supportent, monsieur, dit-il au
comte brusquement ; je vous ai prévenu
que votre silence équivaudrait pour moi

à un aveu. J'espérais seulement que vous auriez assez de cœur pour ne pas vous cacher derrière un faux-fuyant. Tenez-vous donc pour dit que je vous défends de remettre les pieds chez moi.

Il était évident que F... n'en disait pas davantage, uniquement pour se ménager la facilité de dire quelques dures paroles au comte, qu'il savait brave et d'une humeur à ne pas les supporter.

— Il faudra cependant, dit celui-ci avec son ton de gentilhomme, que j'aie le plaisir de vous revoir encore une fois pour régler notre petit compte à propos de ces gracieuses paroles. Quand voulez-vous qu'ait lieu cette petite entrevue?

— A la bonne heure, s'écria le négociant; demain, monsieur le comte, à sept heures du matin, au bois de Boulogne.

— Vos armes? dit le comte.

— Celles que vous voudrez.

— A mort? dit M. de N...

— A mort, dit le négociant.

— Alors il vaut mieux prendre le pistolet et se battre à six pas, à l'anglaise; il y en a toujours un qui y reste; quelquefois tous les deux.

— C'est cela, dit M. F...

Et il sortit.

Il est nécessaire d'expliquer en peu de mots la conduite du comte de N... Beaucoup de personnes en général, et l'auteur de ce livre en particulier, pensent qu'un homme d'honneur à qui un mari vient faire une question comme celle que M. F... adressait au comte de N..., doit agir d'après ce principe que l'honneur consiste, dans ce cas, à ne pas dire la vérité. Le comte était parfaitement de cette opinion; mais on doit se rappeler dans quelles circonstances il se trouvait. Passionnément amoureux de Camille qui le chasse et à laquelle il ne peut s'en prendre, il voit un mari qui vient lui demander compte d'un amour qu'on rejette et le menacer de sa colère. Il est trop heureux d'avoir un homme à qui il puisse faire payer les dédains récens de sa maîtresse. Toutefois il a assez de présence d'esprit pour poser une question préjudicielle à laquelle le mari répond de manière à le rassurer ; peut-être s'il avoue, cet homme, nouvel Othello, va-t-il faire tomber sa vengeance sur sa femme au lieu de s'attaquer à son rival ; F... déclare quelle sera sa conduite, et, certain que lui seul doit porter la responsabilité de ses actes et de ses paroles, le comte de N..., irrité par les refus de Camille et le nouvel obstacle qu'on lui

oppose, avoue à ce trop curieux époux
qu'il l'a déshonoré et lui offre la répa-
ration des armes.

Tout cela n'est pas logique ; mais **M.**
de M.... était dans un état qui n'était
rien moins que logique. La passion dé-
raisonne, c'est une vérité aussi vieille
que les passions. Le prédicateur qui demande aux hommes, du haut de la chaire,
d'étouffer leurs passions et leurs désirs,
leur demande une chose à peu près impossible, mais, au moins, c'est logique :
mais je ne sais trop ce que veulent dire
ces docteurs, comme on en trouve quelquefois dans le monde, qui viennent
dire : « Jeunes gens qui avez des passions, prenez garde qu'elles ne vous em-
portent trop loin ; modérez-les ; arrêtez-
vous à temps. » C'est comme si l'on disait à un malade : quand votre fièvre

vous prendra prenez garde qu'elle ne soit trop forte, ou à un fou : ne soyez pas si furieux lorsque vos accès vous arrivent.

Le comte de N..., qui savait tout aussi bien qu'un autre ce qu'il y a à faire en pareil cas, qui n'eut pas hésité, un mois plus tôt, à jurer sur l'honneur à monsieur F.... qu'il n'était pas l'amant de sa femme, alors qu'il l'était réellement,—et qui eût bien fait,—se trouve engagé aujourd'hui dans de telles circonstances qu'il n'a pas la liberté, malgré tout son sang-froid, de choisir le meilleur parti, et qu'il avoue, sans être plus blâmable, une chose qui, néanmoins, n'est vrai que dans le passé.

M. F..., cependant, est rentré chez lui pour mettre ordre à ses affaires : par une réaction assez bizarre et que l'on comprend parfaitement, il se sentit pris d'une tendresse infinie pour cette femme qui lui avait ravi l'honneur et qui allait peut-être lui coûter la vie. Il voulut la voir. On lui dit que madame F.... dînait en ville et devait aller à l'Opéra. Elle avait sans doute voulu s'étourdir, épouvantée qu'elle devait être de l'effet produit par son billet anonyme.

M. F... fut vivement contrarié de ne pas voir sa femme ; il eut voulu lui pardonner ; il épancha dans une longue lettre ces trésors de tendresse qui inondent les cœurs honnêtes et généreux dans les grandes circonstances de la vie ; il fit son testament par lequel il donnait toute sa fortune à sa femme. Enfin il passa le reste de la journée à s'occuper d'elle, comme si le duel qui devait avoir lieu le lendemain avait eu pour cause un outrage dont elle eùtété victime, et non un outrage dont elle était la complice.

Avant de rentrer chez lui le matin, il avait passé chez un de ses intimes amis à qui il avait demandé d'être son témoin; cet ami avait une maison de campagne à Auteuil, et il avait été convenu qu'il viendrait prendre M. F.... à onze heures du soir; que celui-ci coucherait à Auteuil afin qu'on ne le vît pas sortir de chez lui avec des armes dès le matin, ce qui n'eût pas manqué de donner l'éveil, la volonté expresse de M. F... étant que M. de N..... et les deux témoins s'engageassent sur l'honneur à s'arranger pour laisser croire, dans le cas où lui, F...., succomberait, que sa mort était le résultat d'un suicide. Une instruction analogue était renfermée dans la lettre desti-

née à Madame F..., que devait lui remettre le témoin de son mari.

A onze heures précises, monsieur G...,
l'ami de M. F..., vint le prendre comme
ils en étaient convenus. M. F...., qui avait
tout conté à M. G..., lui fit part du regret
qu'il éprouvait de ne pas voir sa femme
pour l'embrasser et lui pardonner en silence, car il était loin de penser que la
malheureuse lui eût fait elle-même la
triste confidence qu'il avait reçue.

M. G.... blâma cette sensibilité hors
de saison et entraîna M. F... hors de son
cabinet.

Comme ils allaient descendre l'escalier, M. F... s'arrêta tout court, et dit à
M. G.....

— Mon ami, descendez seul; je vais
sortir par la porte du jardin, dont j'ai
une clé; j'emporterai les pistolets; de

cette manière rien ne transpirera, et nous serons sûrs de n'avoir pas été vus.

M. G..... ne vit pas d'inconvénient à l'exécution de cette mesure de précaution ; il descendit seul et alla attendre M. F....., avec son cabriolet, dans la rue Neuve-des-Mathurins, à cinquante pas de la porte du jardin de l'hôtel situé rue du Mont-Blanc. Il y avait plus d'un quart-d'heure qu'il y était, et M. F..... n'avait pas encore paru. M. G....., impatienté, retourne à l'hôtel, monte au cabinet de son ami, ne le trouve point, redescend l'escalier, voit dans la cour la voiture de madame F....., qui rentrait de l'Opéra, suppose que le faible négociant n'a pas eu le courage de partir sans la voir, et, pour l'arracher à une entrevue qu'il redoute, mettant de côté les convenances, il monte rapidement chez madame

F....., à qui il demande où est son mari.

Le bon M. G..... a mis tant d'action dans son geste et dans ses paroles, que madame F....., dont la conscience n'est pas tranquille, commence à redouter un grand malheur.

— Je ne l'ai pas vu, dit-elle, et vous, monsieur ?

— Je le quitte, madame ; mais, depuis une demi-heure, je ne sais ce qu'il est devenu.

Il n'y avait encore là rien de bien inquiétant ; mais Camille, chez qui le remords commence à parler haut, tremble de tous ses membres. Tout-à-coup elle pousse un cri, ainsi que M. G....., qui la laisse tomber évanouie sur un canapé, pour courir dans le jardin.

Il est nécessaire que nous remontions

un peu plus haut, pour mettre le lecteur
au courant de ce qui fait évanouir madame F....., et précipiter M. G..... à
travers l'obscurité des allées du jardin.
Nous le prions donc de rétrograder d'une
demi-heure, jusqu'au moment où M. F....
avait laissé partir son ami par le grand
escalier, pour sortir lui-même par la
porte de la rue Neuve-des-Mathurins.

Le pauvre M. F..... était descendu
triste et non sans se retourner plus d'une
fois vers l'appartement de sa femme.
Arrivé à la petite porte, il s'arrêta au
moment d'y mettre la clé; il venait d'entendre une autre clé s'introduire dans la
serrure. La porte s'entr'ouvrit, et il entendit distinctement deux voix d'hommes
qui parlaient bas. Il prêta l'oreille, se
cacha derrière un massif, et voici ce
qu'il entendit :

— Un de ces jours, disait en riant une des deux voix, tu rencontreras le mari, et alors tu seras pincé.

— Bah! tu ne sais pas; il n'y a rien de plus drôle, reprit l'autre voix, qui n'était rien moins que celle du colonel T....., lequel s'entretenait ainsi, discrètement, avec un de ses amis qui l'avait accompagné jusqu'à la porte du jardin : il se bat demain avec de N..... Je suis le témoin du petit comte; comment trouves-tu cela? Moi, l'amant en pied, témoin de l'amant sortant contre le mari!

— On en ferait un vaudeville, dit malignement le camarade du colonel. De N..... ne sait donc pas que c'est toi...?

— Et parbleu, non, dit T..... c'est là où est le drôle de la chose.

— Allons, dit l'ami, bonne nuit, et

bonne chance pour votre affaire de demain !

La porte s'ouvrit. F..... n'avait pas perdu un mot, et pendant ce colloque il avait chargé froidement un pistolet. Il laissa entrer le colonel assez avant dans le jardin, et, au détour d'une allée, il se présenta à lui, se nomma rapidement, et lui mit sur le bras une main au poignet de fer, en lui disant :

— A nous deux, monsieur.

Le colonel resta assez surpris ; mais ce n'était pas le courage qui lui manquait ; il se remit bien vite, et dit à M. F..... :

— Quand vous voudrez, monsieur.

— Je regrette que M. N..... ne soit pas là pour vous rendre le service que vous vouliez lui rendre demain, dit F...... avec amertume ; mais la chose ne peut se remettre. Voilà deux pistolets, dont un seul est chargé; prenez-en un; appuyez-le-moi sur le cœur; j'en ferai autant pour vous; nous tirerons ensemble sur un signal donné par l'un de nous, par vous si vous voulez. Si je vous tue, je mettrai votre corps à la porte, dans la rue; si vous me tuez, vous vous en irez : une seule personne saura que vous serez l'auteur de ma mort, et vous ne devez pas craindre qu'elle vous compromette, celle-là : tout le monde croira à un suicide; vous devez savoir que mes mesures étaient prises pour cela. Allons, monsieur, êtes-vous prêt?

Tout cela avait été dit bien bas, d'un ton froid et solennel. Le colonel ne répondit pas un mot. Il fit signe au négociant de lui tendre les pistolets, et, détournant la tête, il en prit un au hasard. Pas une explication n'eut lieu, tant ces deux hommes, dont l'un déshonorait l'autre, étaient sûrs de leur honneur mutuel. Le bruit des deux chiens, craquant sur leurs ressorts quand ils armèrent leurs pistolets, troubla seul le silence, jusqu'à ce que T..... dit, en s'approchant de F..... :

— Dites lentement une, deux, trois; à trois, nous tirerons tous deux.

Bientôt un coup partit. Le négociant tomba raide mort. Le colonel resta debout, immobile, et ne se sauva pas.

C'était au bruit de ce coup de pistolet que Camille s'était évanouie et que M. G..... était descendu dans le jardin.

Les domestiques arrivèrent en foule. On essaya en vain de donner quelques secours à F.....; la balle avait traversé le cœur. Les pièces dont était muni M. G..... servirent à constater le suicide du malheureux F.... ; son odieuse femme fut mise en possession de son immense fortune.

Le colonel T..... ne la revit jamais. Plus tard, devenu officier-général, il se maria ; et un jour que, dans un bal, il vit par hasard sa femme assise près de madame F....., il lui jeta son châle sur les épaules, et lui dit :

— Venez, ma chère, il y a près de nous des êtres dont le contact donne la mort.

FIN DU TROISIÈME VOLUME.

TABLE DES CHAPITRES

CONTENUS DANS LE TROISIÈME VOLUME.

—

FIN DE LA TABLE.

Fontainebleau. — Imp. E. JACQUIN.